插图说明及出处

环衬：Diagram of birds' eggs from *Birds with their Nests and Eggs Vol. I* by Arthur G. Butler (Brumby & Clarke Ltd, 1896). With thanks to the London Library

第26页：Robin Redbreast, border detail from the Sherborne Missal, c.1400 (manuscript) (*British Library, London, UK / © British Library Board*)

第47页：Courtship display sketch from *Birds and Their Young* by T.A. Coward (Gay & Hancock Ltd, 1923) With thanks to the London Library

第66页：Diagram of robin territories from *The British Bird Book Vol. I,* ed. by F.B. Kirkman (T.C. & E.C. Jack, 1911) With thanks to the London Library

第86页：Robin's nest in an old hat from *The British Bird Book Vol. I,* ed. by F.B. Kirkman (T.C. & E.C. Jack, 1911) With thanks to the London Library

第106页：Robins feeding chicks from *Birds and Their Young* by T.A. Coward (Gay & Hancock Ltd, 1923) With thanks to the London Library

第125页：British and Continental robins from *The Handbook of British Birds Vol. II* by H.F. Witherby, Rev. F.C.R. Jourdain, Norman F. Ticehurst and Bernard W. Tucker (H.F. & G. Witherby Ltd, 1938) With thanks to the London Library

第137页：Sketch of pair of robins from *A History of British Birds Vol. I* by William Yarrell (John Van Voorst, 1843) With thanks to the London Library

第156页：Cover image from *The Life of the Robin* by David Lack (Penguin Books, 1953)

第181页：Robin perched on a stone from *The British Bird Book Vol. I,* ed. by F.B. Kirkman (T.C. & E.C. Jack, 1911) With thanks to the London Library

第204页：Lord Grey and robin from *The Life of the Robin* by David Lack (Penguin Books, 1953)

第208页：Robin sketch from *A History of British Birds, Indigenous and Migratory Vol. II* by William MacGillivray (Scott, Webster, and Geary, 1839) With thanks to the London Library

THE ROBIN
A BIOGRAPHY

A Year in the Life of Britain's Favourite Bird

STEPHEN MOSS

知更鸟传

〔英〕斯蒂芬·莫斯 著
孙红卫 译

THE ROBIN: A BIOGRAPHY: A YEAR IN THE LIFE OF BRITAIN'S FAVOURITE BIRD
by STEPHEN MOSS
Copyright © Stephen Moss 2017
This edition arranged with RANDOM HOUSE UK through Big Apple Agency, Inc., Labuan, Malaysia.
Simplified Chinese edition copyright © 2019 PEKING UNIVERSITY PRESS
All rights reserved.

献给我的姨妈萨莉·罗斯

以及我的岳母琼·多兰,

她们热爱自己花园中的知更鸟。

目 录

英国人最喜爱的鸟儿　　3
一　月　　15
二　月　　37
三　月　　55
四　月　　77
五　月　　93
六　月　　111
七　月　　131
八　月　　141
九　月　　159
十　月　　175
十一月　　197
十二月　　213
致　谢　　229

我曾听闻有位专事闭门收藏的博物学家,此君对其弟兄所从事的田野调查嗤之以鼻,夸口可以写一本关于知更鸟的书;但是,可以肯定的是,如若只许写对象本身,而不借寓言之辅助,他写出的书必然要比《鲁滨逊漂流记》(*Robinson Crusoe*)更加无趣。

——威廉·麦吉利夫雷

你可是我们最爱的小鸟?
虔诚真挚,胸脯赤红欲滴,
我们英格兰小小的知更鸟。

——威廉·华兹华斯:《捕蝶的红胸鸟》,1806 年

英国人最喜爱的鸟儿

在我写下这些文字的时候,一只小鸟不期而至,来到我后院办公室敞开的门前。它朝着我的方向蹦蹦跳跳,往一边歪着脑袋,似乎在上下打量着我。忽然,它又扇动翅膀,飞到附近的一棵接骨木上,不一会儿的工夫,便开始敞开歌喉,唱一支柔美纤细、起伏回旋的歌,歌声妙不可言、动人心弦。晚秋的午后,大自然静谧无声,此景此声让我的胸中忽然涌起无限的欣喜和欢愉。

这当然是一只知更鸟——除了它,还会是哪种鸟儿呢?没有哪种鸟儿会如此从容自若,又亲切可人;也没有哪种鸟儿会在一年之中的这个时节如此频繁地引吭高歌。每逢此时,白昼渐短,夜晚会很快降临,我们也会为迎接将至的隆冬做准备。

知更鸟的形象深藏在我们孩提时的记忆之中，出现在数百万张圣诞贺卡之上——这种小巧玲珑、体态丰腴、长着红色胸脯的鸟儿，如同肉馅派和圣诞树下成堆的礼物一样，已经是圣诞庆典必不可少的组成部分。现在，乃至整个冬日，知更鸟都会是我们厨房窗外的常客，朝向一边歪着头，仿佛在喋喋不休，叮咛我们为鸟食台添满食粮，确保它能吃饱喝足。

一年中不论什么时节，我们都乐见知更鸟的到来。年复一年，它们都是最先鸣唱的禽鸟之一——在位于萨默塞特郡的我家花园里，新年的第一天，它们便开始歌唱了。虽然距离春日还有数月的光景，但这些短促而富有节奏的鸣啼，却已犹如五线谱上的乐符般有条不紊地奏响在冬日之中，预示着下一个季节的来临。

到了三月或四月，花园里的知更鸟已经圈定了自己的领地。每年这个时候，我每次离门外出，都能听到三四只知更鸟的声音，它们似乎从早到晚一刻不停地歌唱。我知道它们这般乐此不疲纯粹是出于生物学原因——或为驱赶对手，或为呼朋引伴——但是，我相信任何人听到知更鸟的歌声后，都会瞬间心情愉快、步履轻盈。有时，生物学知识在人的情感前也会相形见绌。

不久之后，每一对双宿双飞的知更鸟便都开始一心投身于养家糊口、繁衍生息的大事了：先是筑巢、产卵，待雏鸟孵出，又飞来飞去，四处觅食。如果它们能将后代养大——由于它们的巢敞开暴露在空中，知更鸟常遭喜鹊或松鸦捕杀——那么在六月的某个时候，我的办公室门外便会迎来一位新的访客：一只稚气未脱的雏鸟。这个斑斑点点、长着棕色羽毛的小生灵，只有它圆润丰满的身姿和小圆珠般闪闪发光的黑眼睛能证明其出身血统。

每到此时，成年知更鸟便会有数周时间暂停歌唱，藏在山楂树丛或苹果林中，脱下旧羽，换上一身色泽艳丽的新羽。随后，暑假临末，它们又开始一展歌喉——在这之前，它们已划分好秋、冬两季的领地，这种行为在英国鸟类之中独一无二。由此一来，直至岁末，在我每日忙碌的时候，我的知更鸟也在不辞辛劳，为我轻吟浅唱。

虽然我振振有词，说"我的"知更鸟，但事实上这只鸟儿很可能已不是在新年第一天被我听到在歌唱的那只鸟儿了。知更鸟很少能活过一年或两年的时间，所以这位歌唱家很可能是那一只鸟儿的子嗣，或是来自邻家花园的入侵者。

在萨塞克斯郡，我的姨妈在她的花园里为知更鸟投放了近六十年的食物。她将前述那种观点斥为"无稽之谈"，声称同一只知更鸟已经至少连续十年飞到她的窗前，任凭我费尽唇舌，她也不肯改变观点。她还不许我提及关于知更鸟的那些令人感觉不快的事实：在常出没于花园的所有禽鸟中，它们最有侵略性，也最为暴力。有时，相互竞争的雄鸟之间会展开凶狠的搏斗，直至死亡。就像其他的知更鸟忠实爱好者一样，她对这些事实充耳不闻，坚决置之不理。

除了真实存在的、生物学意义上的知更鸟，还有文学、历史中的知更鸟。我们对这种小巧玲珑的鸟儿充满了倾慕、怜爱与赞叹之情，其文化、历史的一面不仅反映在诗歌与散文的字里行间，也藏在我们心底。

知更鸟的形象深嵌在我们的文学之中——甚至可以说，它比云雀与夜莺等其他经典的代表性禽鸟影响更为深远。安德鲁·拉克（Andrew Lack）妙趣横生的《红胸鸟》（*Redbreast*）一书［该书出版于2008年，更新了安德鲁之父戴维·拉克（David Lack）1950年那部著作《红胸知更鸟》（*Robin Redbreast*）的内容］在索引部分便列举了那些诗文中飞入知更鸟的作家。

这其中既有人们意料之中的文学巨匠——乔叟与莎士比亚——还有安妮·勃朗特与埃米莉·勃朗特姐妹（但不包括夏洛蒂·勃朗特）、安东尼·特罗洛普、乔治·艾略特以及D. H. 劳伦斯。其他文人墨客包括：罗伯特·赫里克、罗伯特·彭斯、威廉·华兹华斯，以及四个约翰［克莱尔（Clare）、济慈（Keats）、班扬（Bunyan）、贝杰曼（Betjeman）］，还有阿尔弗雷德·丁尼生爵士、塞缪尔·泰勒·柯勒律治、W. H. 奥登、特德·休斯、爱德华·托马斯、托马斯·哈代、沃尔特·司各特、罗伯特·路易斯·史蒂文森，此外，儿童作家弗朗西丝·霍奇森·伯内特（Frances Hodgson Burnett）、伊妮德·布莱顿（Enid Blyton）也都曾不吝笔墨，将知更鸟写入诗文。

不过，就如理查德·梅比（Richard Mabey）为《红胸鸟》一书所作序中所言，尽管知更鸟为众多诗人文士青眼相加,但与之相关的作品却鲜少在文学高度上企及关于其他禽鸟的作品:"尚未有堪称伟大的知更鸟诗作,能与特德·休斯之《群燕》(Swifts)或乔治·梅瑞狄斯之《云雀高翔》(The Lark Ascending)媲美;知更鸟本非那种既富有英雄气势又神秘莫测的生物。"

我们喜爱知更鸟,本就因为它简单淳朴的亲和力,因为它的普普通通和平易近人。很久以来,园丁便将知更鸟视作友好亲切的伴侣,它常停驻在铁锹之上,满心期待地等着泥土翻开,以便能捉到滋味鲜美的蚯蚓。

它是我们的近邻,和我们生活在相同的区域。这让我们禁不住去想象它的生活。大部分时间,它都在地面或地面附近活动,不像云雀一般高蹈云端;它与我们终年朝夕相处,不像燕子一般迁徙到某个遥远、未知的大陆。

知更鸟在文化层面的寓意并不全然是积极正面的:它们可以带来光明,也可以带来黑暗。如果有一只知更鸟越过门栏飞入我们的家中,或从敞开的窗户径直闯入,那么根据很久以来的迷信观点,这个家就将有人不久于人世。不过，即便是作为不祥的预兆，它们也是我们传说与故事的组成部分。

从古至今，知更鸟一向被视作宗教象征：在基督教传说中，知更鸟鲜红的胸脯被认为象征了基督的血。这是知更鸟从受难的耶稣所戴的荆棘王冠中拔出棘刺时沾染在羽毛上的红色。所有关于知更鸟文化重要性的论述都会指出它们在圣诞节庆中占据的中心地位。不过，我们会在本书第十二章发现，知更鸟遍布圣诞卡片的原因可能会让人意想不到。

* * *

文化传统、文学作品与历史记载中的知更鸟自然完全是人的发明创造，但其真实性并未因此有丝毫减损。事实上，如果知更鸟缺少这一面——如果它只是鹛属鸟类中籍籍无名的一种，就像它所归属鸟纲中其他三百个品种的大多数禽鸟一样——那么它也很难这般备受瞩目。还没有哪一种鸟如此牢牢地抓住了我们的国民心理。

2015年5月，知更鸟被评选为"英国人最喜爱的鸟儿"。对于它理所应当地拔得头筹，我感到毫不意外。唯一存疑的是它会以多大的优势胜出。在这次投票中，知更鸟遥遥领先：在对入围的十种鸟儿所投出的近二十五万张选票中，它几乎赢得了三分之一的选票。排在其后的竞争者仓鸮和乌鸫，得票数还不及知更鸟的三分之一。

这并非知更鸟首次登上头条。早在1960年，《泰晤士报》（*The Times*）就曾在读者中开展了一次民意调查（尽管是自选的调查）。最终结果是，知更鸟轻易击败了红松鸡，赢得了英国（非官方）国鸟的美誉。

实际上，2015年这次民意调查的幕后推手戴维·林铎（David Lindo）——诨名"城市观鸟人"——在临近投票的最后阶段，还曾四处游说，反对支持知更鸟，公然为他最爱的乌鸫摇旗呐喊。不过，在尘埃落定之后，他不失优雅地祝贺知更鸟取得胜利，并别具慧眼地将知更鸟不甚讨人喜欢的品性与英国的国民性格等同视之："知更鸟看似友好亲善，实则极具领地意识，防御心理极强。我认为，这也映射了我们作为岛国国民的心态——我们会坚守阵地，寸土不让。"

他也许恰好一语中的——我们之所以热爱知更鸟，是因为它让我们想起了自己，包括我们的缺点以及长处。我们心甘情愿将知更鸟那些惹人生厌的品格置于脑后，转而强调它友好和睦、亲仁善邻——这些都是我们自己梦寐以求的性格品质。否则我们又如何解释为什么知更鸟这般广受欢迎呢？

这当然有可能只是因为它无处不在：超过六百万对处于繁殖期的知更鸟栖息于英国，在鸟类中总数排名第二，仅位于鹪鹩之后。但更有可能是因为知更鸟的生活习性——终其一生，它都生活在我们周边，在一年中的所有季节和月份，均不弃不离。毫无疑问，在英国，没有哪一种鸟儿能如此深入人心。不论我在英国何处旅行——除了几座远离海岸的小岛——我都会遇到知更鸟。无论是在城市中心，还是在乡野郊外，无论是在等候火车，还是在花园闲坐，无论是寒暑，还是昼夜，我都曾瞥见知更鸟的影踪，或听闻它的歌唱：它们要么在我面前蹦跳嬉戏，要么在鸣唱凄婉悠扬的歌。

不过，话说回来……关于知更鸟，我们究竟了解多少呢？在世界其他什么地方可以找到它们？为什么雄性知更鸟如此凶残暴虐？再者，鉴于直至二十世纪中期它的官方称呼一直是"红胸鸟"，知更鸟这个名字又源出何处呢？这些疑问，仅仅是我希望通过本书解答的问题的一部分……

知更鸟在树叶凋尽的枝上,
天主啊,他的歌喉何其响亮!
冬日寒风凛冽,刺骨冷酷,
却让枯萎的万物作伴身旁。

—— W. H. 戴维斯:《红胸知更鸟》,1908 年

一 月

新年的第一天在萨默塞特郡的腹地破晓，清冷寒冽，一层薄薄的白霜覆盖在树干枝丫之上，脚下的地面干脆作响，令人心悦。水银温度计显示气温尚在零度以下，不过，虽然太阳尚未升起，一只小巧、圆润的鸟儿却已经早早起来，四处忙碌了。它的羽毛蓬松鼓胀，以保暖御寒。转身腾挪之间，它在这萧瑟单调的景观中添上了一抹艳丽的颜色。

它动作急促突然，越过一片覆着一层冰霜的草坪，跳上一丛矮小的灌木，然后纵喉倾泻一曲短暂的歌调。一缕缕白色的水汽从它半开的喙中呼出，乐声随之刺破了冷冽、静寂的空气。我们人类倾心于这样的旋律，但这并不是这只鸟儿歌唱的原因。事实上，这是一只雄性知更鸟，它正在捍卫自己冬日的领地。

就像所有的鸟类——实际上，就像所有的生物一样，人类也概莫能外——这只知更鸟能现身此处，全是因为它的父母、祖父母、曾祖父母，以此追溯至无数世代，能够成功地繁衍生息。

现在轮到它延续这一生命进程了。新年伊始，春日尚远，但这一原始冲动已经开始驱动着这只知更鸟。从地球上首次出现鸣禽至今的五千万年里，它所遗传的所有生物本能，被不断磨砺，驱使它进入繁殖周期之中。眼下它需要选择一片领地，抵御竞争者的侵犯，寻伴求偶，交配授精，筑巢育雏，直至六七个月后，幼鸟羽翼丰满，展翅高飞。

可以将这只知更鸟看作一个色彩鲜艳的小小的毛团，它只有一个目的：繁衍生殖。如果它成功了，它就会将独有的基因传给下一代乃至之后的世世代代。如果它失败了，则永远错失机会。这是一项重大的责任，掩藏在看似甜美、悦耳、动听的歌声之后。

然而，在繁殖期过后不久，这只知更鸟便很可能会辞世。就如其他小型禽鸟，知更鸟的生命周期与时间尺度和我们相去甚远。它们很少能活过两年。任何一只知更鸟都很可能在未满一岁前死去。但是，如果届时它成功地组建了家室，它便已经尽职尽责，一瞥永生的可能。

不过，现在唱歌的时间并不充裕。一月天气寒冷，每日光照时间仅数小时，它的首要任务是觅食。严寒并不能杀死鸟类——至少不会直接杀死它们——但是严寒带来的冰霜能产生致命后果，它们会覆盖住鸟类的食物，使食物难以找寻。

就像大多数小型鸟类一样，每一天，知更鸟都必须找到并吃掉相当于其身体重量四分之一或三分之一的食物。做不到这一点，它们就会死去。所以，这只知更鸟停止歌唱，飞落在地上，跳过霜冻的草坪，寻觅果腹之物。

究竟什么是知更鸟？对此，最为精当的言简意赅的描述，当属最伟大的知更鸟专家戴维·拉克 1943 年的作品《知更鸟的生活》（*The Life of the Robin*，该书至今仍位居人类历史上的经典博物学著作之列）中的一个段落：

> 英国知更鸟是一种体型较雀类稍小的禽鸟，大

小介于鹪与森莺之间，上身棕色，胸部橙红，腹部白色。它广泛分布于欧洲的林地之中，在不列颠岛，也是一种常见于花园的鸟类。

在其较为晚近的著作《知更鸟与鸲》（*Robins and Chats*）中，当代鸟类学家彼得·克莱门特（Peter Clement）简单明了地概括了这种为人所熟知的鸟的总体形象：

> 一种体型介于小型与中型、体态较为圆润的鸲属禽鸟，头部浑圆，尾部瘦削，颈胸红色，叫声悦耳，且终年不绝。普遍常见或在某一地域较为常见，作为花园或郊区鸟类而广为人知……往往被誉为冬季的象征而被印制在圣诞卡片之上。

一只典型的知更鸟身长约十四厘米（五点五英寸），翅展二十一厘米（八点二五英寸）。所有的飞鸟均在进化过程中积累了适应于飞翔的特殊体征，知更鸟也是如此，它的体重因而远比想象的轻得多：一只成年知更鸟的平均体重为十八克（小于三分之二盎司），仅比几枚新铸造的面值一英镑的硬币稍重一些。

雄性知更鸟与雌性知更鸟具有相同的为人熟识的标志性身形：丰满圆润、活泼矫捷，尾巴短小、姿态挺立。

无论从哪个方面来说，雌雄两性在外观上均无二致：上身褐色，下身白色，一道窄窄的蓝灰色由前额延伸至眼睛上方，再至两颊。不过，所有的成年知更鸟最突出的特征，当属红色的胸脯，这个红色区域往上延至脸部，将尖利的喙和圆珠般的黑色眼睛环绕其中。

知更鸟幼鸟一般在暮春之后出现在我们园中，它们的体型、体态以及行为举止，与其父母相差无几，只是尚未长出标志性的红色胸脯。它们通体棕色，上身和下身都点缀着驳杂的淡色斑点。直至秋天，它们的羽毛才会变为成鸟的模样，胸部长出闻名遐迩的橘红色。

我们喜欢将知更鸟视作英国独有的鸟类，而事实上这种鸟相对普遍，从南方的直布罗陀至北方的北极圈，踪迹几乎遍布整个欧洲大陆。在北非的部分地区、中东与中亚也都能找到它们的身影。

不过，在其他栖息地中，知更鸟多是一种出没于林地、羞涩内敛的鸟类：二十世纪鸟类学家中的元老级人物马克斯·尼科尔森（Max Nicholson）指出，生活在欧洲大陆上的知更鸟很少出现在开放的人工环境里，而我

2 The Willow Wren

4 The Redbreast

们却常常能在这种地方观察到它们。与我们想象的正相反，在欧洲其他地方，它们作为在乡镇和花园中与人类共处的鸟的地位，被其他那些我们认为是稀有罕见的鸟类——红尾鸲、赭红尾鸲以及夜莺——代替了。

它们的迁徙习惯也可能大相径庭。与在我们这里主要是留鸟的知更鸟不同，北欧和东欧的知更鸟在秋天离开繁殖地，飞往气候较温和、食物更充足的南方和西方（包括我们英国的海岸），本书第十章将会探索这个问题。

就如我们所熟知的大多数园鸟，知更鸟也属于禽鸟中最大的一个类群：雀形目。这个类群几乎包括了世界上一半的鸟类，总共超过五千种，其中大约有四千种被归类为鸣禽。

鸣禽包含近百个科，如山雀科、鸫科、百灵科和鸦科，它们又各自归于数百个鸟属。知更鸟曾被认为是鸫科的成员，现在已被重新归类到鹟科。鹟科中还包括红尾鸲、夜莺、穗䳭和䳭，以及斑姬鹟和斑鹟。

虽然知更鸟所归属的鹟科非常庞大（鸣禽之中，只有裸鼻雀科与其近亲包含的种比鹟科多），但它本身却是它所在的欧亚鸲属的唯一物种。这是因为科学家们新近发现，日本歌鸲与琉球歌鸲并不像我们之前认为的那样跟欧洲本土的知更鸟具有近亲关系。

尽管如此，浏览任何一份世界禽鸟名单，你都能发现至少一百种"知更鸟"，此外还有许多名字中包括"知更鸟"（robin）的鸟儿，如歌鸲（robin-chat）、林鸲（bush robin）和薮鸲（scrub robin）。这些鸟儿大多有两个共同之处：以昆虫为食，常常从低枝飞落地面觅食；大都长着引人注目的红色胸脯（有时是粉红色或黄色）。

这么多毫不相关的鸟儿名字中包含"知更鸟"，原因并不难解。当早年来自英国的水手和探险家在世界各处登陆时，看到任何一种体态轻小、动作敏捷、胸腹鲜艳的鸟儿，都会想起故园之中他们所挚爱的知更鸟。因此，自然而然，这些思乡心切的人们会将这类鸟儿命名为"知更鸟"。戴维·拉克以略显帝国主义色彩的骄横语气写道："在世界上几乎任何一个地方，英国人都能找到某种红胸脯的鸟儿，并将其唤作知更鸟。"

今天，全世界各地，我们可以找到蓝歌鸲（Siberian blue robin）、新西兰鸲鹟（New Zealand robin）、澳大利亚的瑰色鸲鹟（rose robin）、印度尼西亚和巴布亚新几内亚的林鸲鹟（cloud-forest robin）、波利尼西亚的太平洋鸲鹟（Pacific robin）以及美洲知更鸟。其中，最后一种鸟实际上属于鸫科，和我们的乌鸫有着很近的亲缘关系。瑞典命名学家林奈（Linnaeus）在1766年首次描述了这种鸟儿，不过它的名字可能在此前很久便已开始使用了。当然，美洲知更鸟为两首名曲提供了灵感：阿尔·乔尔森（Al Jolson）1926年一炮而红的《红红的知更鸟（来到，鲍勃，鲍勃，蹦蹦跳跳）》［When the Red, Red Robin（Comes Bob, Bob, Bobbin' Along）］，还有创作于上世纪五十年代、并在七十年代被迈克尔·杰克逊以及杰克逊五兄弟乐队唱红的《摇滚知更鸟》（Rockin' Robin）。

就第一印象而言，这种动作笨拙、体态臃肿的鸫丝毫也不像我们熟悉的知更鸟，它的身长几乎是后者的两倍，体重是其四倍以上。不过，当它转身朝向你的时候，深红色的胸腹还是会让人隐约想起我们在故乡认识的那种体型小得多的鸟儿。

试想，1629年11月，"五月花号"在后来被称作新英格兰的地方靠岸不久之后，一位清教徒发现了这种亲切友好、红色胸脯的鸟儿,转身对他的伙伴说道,"瞧——这里也有知更鸟!"

知更鸟的名声——或至少是它的名称——遍布世界各地。如此一来,令人意外的是,在与我们共处的大部分时间里,它并不被称作"robin"(知更鸟)。相反,它被唤作"ruddock"或"redbreast"(红胸鸟)。

"ruddock"一词与"ruddy"(红色)同根同源,指向了这种鸟儿的红色羽毛。十六世纪大诗人埃德蒙·斯宾塞(Edmund Spenser)在其名作《婚曲》(Epithalamion)中写道:"红胸鸟轻声鸣啭。"十九世纪早期,诗人托马斯·胡德(Thomas Hood)则描述了"红胸鸟之歌甜美高亢,胸前如鲜血流淌"。这个源自盎格鲁—撒克逊词根的称呼一直沿用至维多利亚时期,甚至在苏格兰方言中,至今还在使用。

"redbreast"的称呼则相对晚近,最早出现在十五世纪,直至二十世纪中期仍被广泛使用。实际上,直到1952年,英国鸟类学会的清单上仍将这种鸟儿的官方名称列为"redbreast"。

这是因为"robin"一词原本并不是一个正式的名字,而只是一个昵称。就像我祖母那一代习惯说珍妮·鹪鹩(Jenny Wren)和汤姆·山雀(Tom Tit)一样,这种熟悉的鸟儿也被冠以一个押头韵的诨名"罗宾·红胸鸟"(Robin Redbreast)。

"Robin"这个具有基督教色彩的名字(及其对应的女性称谓"Robyn")来自昵称化的"Robert",均是在1066年随着诺曼征服者的大军穿越英吉利海峡进入英国的。但是,以"robin"冠名鸟儿的做法只限于在英国,也即是说,这个称呼源自英国而不是法国,发生在诺曼征服不久之后。以"robin"指称知更鸟(不包括其后缀"readbreast")的文字记录最早见诸一首1549年的苏格兰诗歌,作者姓名已不可考,但是这一名称也有可能在此之前很久便已开始通用。

不过,解开了一个谜,又带来另一个谜。知更鸟的胸脯实际上并非红色,而更接近于一种橘色,那么缘何它一开始就被称作"红胸鸟"呢?原因简单明了。尽管橘子这种水果在中世纪时就已经出现在英国了,但是直

至1557年之后，"橘色"这个词才被用来描述那种介于红色与黄色之间的颜色，而那时距离"红胸鸟"一词首次见诸文字，已经过了一百多年。

对于我们那位发明了"红胸鸟"一词、姓名已不可考的祖先——也许时间比这个词有文字记载时更为久远——"橘色"的概念并不存在。所以，从其命名之日至今，我们总是将知更鸟的胸脯当作红色，即使事实上它属于一种橘色。

* * *

一月底，花园里的状况陡然恶化。在中旬短暂的相对温和的天气之后，高压空气降临英国南部，带来了一种被天气预报员称作阻塞反气旋的天气。通常情况下，晴朗无云的天气会带来低温和严重的夜间霜降，但是地面并不会积雪。

但是今年情况不同以往。在反气旋向南挺进之前，从大西洋过来的暖锋登陆，带来满是水分的乌云。在经过英国上方时，暖空气上升到一层已经形成的冷空气之上,水分凝结成大规模降雪。对于我们的野生动物而言,这无异于糟糕透顶的双重打击:天寒地冻,而急需的食物又被覆盖在积雪之下。

花园里,知更鸟正在苦苦挣扎着生存下去。它的情况并不是个例。数百万知更鸟生活在英国的林地或农田矮树篱墙之中。它们也一定发现食物匮乏不足,虫子藏匿在难以寻觅的角落和孔洞中,或深埋在厚厚的积雪下。这些身陷绝境的知更鸟会飞离家园,飞入村落、乡镇和城郊这些仍然可能找到果腹之物的地方。

不管是对于花园里常驻的知更鸟,还是那些新来的成员,值得庆幸的是,英国人以爱鸟著称,对于喂鸟也向来慷慨大方——这是差不多始于一千五百年前的习俗。

最早的广为人知的例子,是法夫郡一位后来被教会封为"圣瑟夫"(St Serf)的圣徒。在六世纪某个时间,他通过投食喂养的方式驯化了一只知更鸟。不过,他的行为带来了戏剧化的结果:教友们因为嫉妒他能够驯服这知更鸟从其手中进食,便捉到了这只鸟,并杀害了它。然后,据传说,他的朋友肯蒂格恩[Kentigern,后来也被封为圣徒,称作圣芒戈(St Mungo)]奇迹般地让这只鸟儿起死回生。

虽然喂鸟的行为开始得早,但在之后的一千余年里未能风行。直至维多利亚时期,人们又重新复兴了这一行为。这个时期因对上帝的造物乐善好施而著称。维多利亚时期的自然作家 W. H. 赫德森(W. H. Hudson)曾见证,1890 年至 1891 年的严寒里,在午餐时间,工人们在泰晤士河畔聚集,给饥肠辘辘的鸟儿投喂剩下的食物。这也最终催生了在我们的花园里定期喂鸟的习俗,所以到今天,据英国皇家鸟类保护协会统计,超过半数的英国人——至少一千四百万家庭——会给花园的鸟儿摆放食物。

在我成长期间,我们经常把厨房里的一些零星食物、变质的面包扔到屋后的草坪;而今天,精巧灵活的高科技喂鸟器可以投放葵花籽等品类繁多、专门调配的食物——这些富有热量的食物能帮助鸟儿度过寒冬。由于这个原因,很多园鸟——包括知更鸟在内——如今种群数量大增。

在这个花园里,这只知更鸟运气颇佳。花园主人定期投放各种各样的食物,放入管状的喂鸟器和鸟食台——以及对知更鸟至关重要的、一只摆放在地面上的木盘。

这个月份的最后一天,太阳尚未升起,雄性知更鸟便已醒来,精神抖擞。黑暗逐渐散去,它小心翼翼地跳落在地面上,积雪映射的微光照亮了它的胸脯。它跳跃着前进,每一小步都在晶莹的白雪上留下一双爪印:三趾向前,一趾向后。

它必须小心谨慎,这个时段以及日落前的一个小时是每天最危险的时候。幽暗、浓密的灌木丛中可能埋伏着种种危险。尽管时间尚早,本地的雀鹰仍会圆睁着黄色的双眼,以犀利的目光寻找可能的目标。

不过,今天一切看来安全无虞。知更鸟一跃而起,落在几英寸高的木制的台子上,那里已经有一只雄性乌鸫在贪婪地进食了。它采取了一种屈从的姿势,转头避开这只体型更大的鸟儿;但是,这只乌鸫饥肠辘辘,根本无暇顾及谁在分享它的领域。于是,知更鸟也开始进食,衔起每一粒包含热量的葵花籽或玉米粒,整个吞下——像别的鸟儿一样，知更鸟没有牙齿，所以不会咀嚼食物。

几分钟后，它终于放缓了啄食的节奏。它知道自己可以整日无忧无虑，仰赖这便利的服务站，并且有望借此熬过这段严寒。但是，当这只知更鸟将要退回至附近灌木丛的保护中时，它发现了另一只鸟儿的存在——这种存在既可能意味着潜在的威胁，也可能意味着潜在的机遇。

那一刹那，它预设了最糟糕的情况：这是一只有着竞争关系的雄鸟，也许来自邻家花园，也许来自更远的地方。若情况如此，那么不容半点心慈手软。一只雄鸟不仅意味着争抢食物的对手——这并不是什么问题，因为它已经在和一群其他种类的鸟儿分享食物——更为至关重要的是，还意味着领地的竞争者。

如果一只雄性侵入者可以战胜这只知更鸟，那么后者的未来将岌岌可危。假如它随后无法找到新的领地，并且赶走已经占据这片领地上的雄鸟，那么它繁衍后代的可能性近乎为零。不过，如果这只陌生的鸟儿是一只雌性知更鸟，那么这场寒冷的大雪并非全然一无是处，它还带来了一个潜在的配偶。

于是,这只知更鸟开始了一贯的动作,就像以前遭遇突然造访的闯入者时一样。它飞落地上,伸展双翼,以便看来体型更大,同时高挺喉部和胸部,让它们的颜色更加绚丽。这一番动作产生的效果,总的来说,自然令人瞩目;然而,它会招来对方的攻击,还是更合意的结果?

另一只知更鸟停了下来,头歪向一边,好像在评估当前的状况。它往前探身,衔起另一粒种子——这是暴力的前奏,抑或表示臣服的方式?然后,它往左边稍稍跳开一段距离,继续进食。

对于这只雄性知更鸟而言,这意味着新来者是一只雌鸟,带来的不是威胁,而是机遇。尽管这只雌鸟看来体型相对瘦弱,但是它的羽毛整洁光亮。考虑到过去几日天气寒冷,这只雌鸟看起来状态良好。雄鸟迅速飞到一根低矮的树枝上,张嘴发出一阵短促的言语,通过这种方式接受雌鸟的存在。对于这些举动,雌鸟的反应是再次倾了一下头。然后,雄鸟再次跳落在地面上,和雌鸟一起啄食，几乎没有注意到近旁灌木丛中的动静。警报解除——一切安然无恙。

这位新到来者完全吸引了雄鸟的注意力，它忘掉了别的事情。对于任何一种小型鸟类，时刻保持警醒决定了生死存亡。而它却有一瞬间放下了警惕。

它听到灌木丛中又传来一阵窸窸窣窣；如果它从未因那只雌鸟分神，早就对这个信号做出反应了。刹那间，它眼角的余光捕捉到一阵短暂但明确无误的动作。

顿时，警报大作。它丢下将要入口的葵花籽，挺起身来。这时，它的恐惧成真了：那只一直在白雪覆盖的草坪上啄食的雄性乌鸫迅速飞走了。飞走的同时，它还发出一连串短促而尖利刺耳的叫声，就像机关枪一样。这是用来警告同伴捕食者逼近的典型鸣叫。

时间似乎放缓了。雄性知更鸟绷紧为两翼提供动力的肌肉，俯下身子，充满弹力的双腿一跃，迅速起飞。就在此时，邻家的猫如马戏团的飞人一般从天而降，用前爪抓住了它那瘦小无助的猎物。锋利的爪子陷入到羽毛之中，然后一口咬在下面柔软的肌肉上，溅出几个小小的血点。在它的心脏停止跳动的时候，这只雌性知更鸟发出一声短促、轻柔的呼吸，就像一支蜡烛熄灭的声音。

那只雄性知更鸟侥幸逃过了一劫。在猫飞扑过来的时候，它的快速反应刚好让它得以飞身离开，尽管它还是能感觉到那只动物从它身下跳过时带起的一阵风。

但是，那只小小的雌性知更鸟就没有这么走运了。为了存活，它把精力都用在寻找食物上，最终筋疲力尽，无法迅速作出反应。它会最终被摆放在门垫上，成为一件血肉模糊、令人生厌的祭品。与此同时，对于这只雄性知更鸟，事情又回到了原点：它依然占有一方领地，但是还需寻找一个配偶。

有一小型鸟类,因亲近人类而非歌声动听而驰名,尽管其鸣啼甜美悦耳,在我国无可匹敌……别种禽鸟叫声大多喧嚣聒噪,音调变化无序,此鸟声音却轻柔温婉,顿挫有序,更因冬日漫漫亦可为人欣赏而备受褒扬。

—— 奥利弗·戈德史密斯:《地球与生命史》,1774年

二 月

二月的寒风吹过苇间,嗡嗡之声不绝于耳。我的靴子踏过晨曦的白霜,窸窣作响。一群椋鸟辞别夜宿的栖所,越过天际,飞往海岸边某处觅食场所。初升的朝阳照耀着白桦林苍白的树干,逼人的寒气穿透手套,我的手指开始感到麻木。

在萨默塞特平原,沿着林木掩映的小径漫步,一切静默无声。数个世纪前,正是沿着这条古径,人们驱赶着牛羊,穿越这片湿地,赶往市场。没有一只鸟儿歌唱:温度在冰点之下,鸟儿也哑然无声。为了躲避严寒,很多鸟类已迁徙至南方或西部;留鸟则忙于觅食果腹,根本无暇他顾。

在这条古径和苇地之间一片低矮的蕨草丛中,一阵短暂但确定存在的动静吸引了我的注意；紧随其后，又是一阵动静，伴随着一声响亮、清脆的咯咯声。然后，那只鸟儿像卫兵一样挺起身来，亮明身份：一只知更鸟。

我正在造访本地的一片田地。这是隐藏在面积广阔的阿瓦隆沼泽的一小块土地，一处位于英国西南部腹地的新近形成的湿地。此处，苇鹀喧闹活跃，体型硕大的白鹭懒洋洋地扇动翅膀飞过苇塘，水獭在周遭出没，偶然现身，就如我面前的这只，滑不溜秋，一身闪亮的棕色，穿过小路，来去匆匆，转眼间便消失得无影无踪。

一年到头，每周一至两次，沿着同样的路线散步，我几乎都会与知更鸟相遇。有时，我会纳闷，它们远离花园中的庇护所或祖祖辈辈安居的林地，来到这里，所为何事？在遍布芦苇这种根部包裹在浑浊的泥水里，姿态高挺的草本植物的这个直立世界，在这一大片苇地里，它们靠什么生存？

然而，它们一定在这里可以找到食物，因为这里总有它们的身影，寒暑交替，其他鸟类来来往往，一次次踏上天南海北的全球征程，只有它们的存在令人心安、可靠如常。冬天,一队来自遥远的冰岛甚至西伯利亚的野鸭引项鸣啼,将附近的湖泊作为乐土。春夏,燕子和毛脚燕飞过头顶,在空中捕获看不见的昆虫,然后又迁往非洲。七月底,泥炭地里响彻清脆、通透的啼声,意味着白腰草鹬的到来,它们是从我们的海岸过境的旅客,在这里落脚暂栖,填饱肚子后,又飞往南方,继续漫长的旅程。

不过,就像在林木中追随一群群蓝山雀与大山雀的戴菊,在低矮的灌木枝叶中神出鬼没的鹪鹩和林岩鹨,以及时不时忽地从我面前跃过,将我吓得魂飞魄散的狍子,知更鸟也是经年栖息于此的常驻者。全球范围内的迁徙旅行并不合它的喜好——它宁可生于斯长于斯,孤注一掷,坚信在同一地域一年四季都能找到食物。因此对我来说,这只知更鸟就像一个老友——一个我可以期待遇见、若偶有不遇便思念甚笃的友人——一个在可谓变动不居的今日世界之中为数不多的恒常存在。

在这片由废弃的泥炭构筑的人造栖息地中,这只鸟儿和它的兄弟姐妹们可以找到赖以生存的一切:春夏时节,大量的小昆虫和无脊椎生物;秋冬时节,不可尽数的种子和浆果。虽然可能没有鸟食台和喂鸟器——它们相当于园鸟的社区便利店——但有利的一面是,竞争者也更少,足以让这些湿地知更鸟能找到恰好足够的食物,从而支撑到下一个春季。

至少,在正常的冬季,情况如此。但是,随着全球气候变化,还有哪个冬季是"正常"的吗?每一年似乎都比前一年更让我们感到猝不及防——要么是远比我们预想的更加温暖,要么是更加寒冷。我(刚好)太过年轻,无法忆起1962年至1963年的"冷冬",但我可以回想起,在六十年代末和七十年代步行去学校的路上,曾被冻得瑟瑟发抖。接下来,经历过九十年代和新千年第一个十年的连续暖冬之后,在2009年至2010年与2010年至2011年,我们遭遇了有记载以来最冷的寒冬。

在那之后,温度计似乎指向了另一边:2015年12月一个晴朗明媚的日子里,我又来造访阿瓦隆沼泽,期间听到七种鸣禽的叫声。除了常见的知更鸟和鹪鹩,这其中还有叽咋柳莺,虽然这种鸟儿此时在这片西南地区过冬,但在3月之前,它很少鸣叫——或者根本不鸣叫。

那么,这种反复无常的天气会以何种方式影响到我们最喜爱的知更鸟呢?

八十年前,当戴维·拉克在南德文郡达廷顿首次对知更鸟进行深入研究时,冬季平均而言远比今天寒冷——即使是在通常较为温暖的英格兰西南部。尽管如此,交配育雏的生理冲动仍驱使知更鸟在那里成双成对,占据领地,比他一开始预期的时间要早得多:

> 传统观点认为禽鸟配对的时间在情人节。鉴于大多数英国鸟儿至少到三月底才会筑巢繁育,我曾以为这个日子太早。不过,通过在达廷顿的观察,我发现这个日子完全不早。实际上,早在十二月中旬,第一批知更鸟便已经开始配对了,比入巢孵卵要早三个多月。到了2月14日,大多数鸟儿都已找好了配偶。

鸟儿结成连理的方式并非千篇一律。有的鸟儿,如疣鼻天鹅,因一旦结成配偶便厮守终生而闻名遐迩,它们只有在一方死亡的情况下,才会被迫另择新欢。燕子等候鸟则非如此:雄鸟在三月底或四月初到来,抢在竞争者之前占据领地,然后等待雌鸟飞回,在那时才寻找配偶。随后，它们会很快孵卵育雏。知更鸟的近亲夜莺，如燕子一样，也是从非洲远途飞回的候鸟，它们采取同样的配对方式。这也解释了为什么在四月的最后一周或五月的第一周，人们可能听到夜莺在大白天歌唱——它们寻偶心切，以至于不肯放过任何一个机会，没日没夜地展现歌喉。

知更鸟等留鸟则采取了中间路线。它们很少能活到可以拥有超过一次或两次繁衍育雏的机会，所以它们会尽早找到配偶——有时早至圣诞节之前，大部分情况下都会早于二月中旬。

直至上世纪，人们依然普遍认为，择偶的时候，雄性禽鸟——所有其他生物亦然——会采取主动。由雄鸟支配温顺的雌鸟的观点，也符合当时鸟类学家的价值观，这些鸟类学家大多数是男性。

不过，在二十世纪，这一误解逐渐被推翻。通过简单的观察就会发现，尽管雄鸟在视觉展示方面（如孔雀等色彩花哨的鸟类）或在高歌御敌方面（如知更鸟等鸣禽）更具优势，但雌鸟才是最终的决策者。

即便对于黑琴鸡和松鸡，这一法则同样适用。它们采取的策略是，颜色异常艳丽的雄鸟成群结队地集体表演（这种行为被称为"求偶场"），在潜在的配偶前搔首弄姿。马鹿与黇鹿等哺乳动物在每年的发情期也是如此。虽然可能看起来是雄性不辞辛劳地大呼小叫、忙里忙外，但到头来还是雌性掌握主导权，决定最后的选择。

其中一个原因是，雄性知更鸟必须坚守自己的领地，不仅要赢得配偶，还要抵御其他雄鸟侵犯。而雌性知更鸟并无领土可御，可以自由自在地在一片区域内考量一系列的雄鸟。它们一大早便开始这项活动，此时刚刚破晓，雄鸟的歌声最为嘹亮、最为热切。

那么，雌鸟第一次亲临雄鸟领地的时候，在找寻什么呢？最简单明了的答案是，它会判断雄鸟的"素质"——或品评它的歌声，或打量它的长相，或兼顾两个方面，就像一场禽鸟版的《X音素》（*The X-Factor*）或《英国好声音》（*The Voice*）。我们可以由此推断，是声音较为洪亮动听或行为较为积极，还是领地较为广阔的雄鸟更容易捷足先登，然而，结果往往难以预料，因为我们无法洞察任何一只鸟儿的所思所想。结果有可能取决于多种因素：比如说，一处领地虽然面积较小，但食物来源却更丰富，因此比面积较大的领地更受雌鸟垂爱。

具体的求偶过程非常复杂，雌鸟飞向雄鸟又折回，双方都夸张地摆弄姿势。随后会安静下来，一方或双方回撤、啄食，或整理羽毛。

动物行为研究的开拓者朱利安·赫胥黎（Julian Huxley）爵士在第一次世界大战前观察凤头䴙䴘时，最早注意到求偶期的鸟儿进行的这类看似毫不相干的行为。不过，是另一位伟大的科学家尼可·廷伯根（Niko Tinbergen）创造了"转移行为"一词，才对此进行了界定。该理论认为，这是一种缓解紧张程度的行为，也让鸟儿得以估量下一步行动：是想继续这段关系，最终比翼双飞，还是就此别过，试试下一个求偶者？

雄性知更鸟还有可能对潜在的配偶表现得气势汹汹。这也许看来不可思议——但是让我们试着从雄鸟的角度来看待此事。直至现在，整个冬季它都在保疆卫土，抵御外敌侵犯；然而，此时它不得不放下警惕，欢迎这个完全陌生的来客进入自己的家园。它甚至都无法立刻辨认出雌鸟的性别来——就像我们看到的那样，雄性与雌性知更鸟在羽毛和外表上相差无几，雌雄难辨——尽管雌鸟知道它是一只雄鸟（因为它在展喉歌唱），它却无法马上确定雌鸟的身份。难怪面对这只站在家门口的陌生来客，它心情复杂。

在交织着顾虑和疑问的初步阶段之后，便进入了连续两至三日的坠入爱河的过程。不过，这一过程不再像先前一般紧张。雄鸟在它的属地上跟随着雌鸟，歌声也远比之前轻柔温和，好像在向雌鸟表示，它一开始凶神恶煞的样子只是一场误会，现在它请求雌鸟留下来。

等到第二个阶段结束时，它们已经成为一对繁育的鸟儿，之后便进入了被称作"订婚期"的一段时期。这时，雄鸟又恢复了之前的歌唱。在这期间，两只鸟儿一般分别行动，互无来往。尽管我们知道雄鸟可以辨识出它的配偶，因为它会把其他入侵者一一赶走，但它对雌鸟的存在却毫不在意。

在某些冬季，即使雌雄知更鸟已结成配偶关系之后，还会有一场寒流，冰雪导致觅食——乃至生存本身——

变得无比艰难。有时，一对知更鸟会分开单独行动——通常只是暂时分开——到别处寻找食物。在极少数情况下，雄鸟和雌鸟甚至会将领地从中间一分为二，并且开始对彼此剑拔弩张。不过，除非寒潮期特别漫长、严酷，它们一般还是会厮守在一起，共同渡过难关。

即便在结成配偶之后，知更鸟也不会彼此特别亲近。这是因为相较于恋爱和育雏，每一只鸟儿都会对果腹更感兴趣，毕竟距离前两种活动还有几周，甚至一个多月。

我决定验证一个假设：城镇里的知更鸟与其乡间的兄弟姐妹在行为方式上会有所不同。在我居住的伦敦城内，春季要比英国其他地方提前几周来到。部分原因自然是伦敦处于气候较温和的英国东南部。但是，除此之外，还有一个原因——"城市热岛效应"。

导致这种现象的原因是，建筑物具有储热功能，而且数百万汽车也会释放热量——这意味着即便是在深冬，城市夜里的温度也要比周围地区高四到五度。而这又意味着，伦敦的知更鸟可以比其乡间的亲戚领先关键的一步。

ROBIN. Courtship Display.

在首都的正中心地区，靠国王十字车站北边，摄政公园运河沿岸，隐藏着一片野生生物的乐土。坎姆利街自然公园建造于二十世纪八十年代中期充满理想主义色彩的岁月里。尽管所在的位置寸土寸金，其土地若用于开发，定然价值不菲，该公园却幸存了下来。二月的一天，阳光灿烂，但寒意未散，黑水鸡叽叽喳喳，白屈菜和报春花似乎已开放了数周。在交通车辆、建筑工地、来往人群发出的成片喧嚣之中，一只知更鸟正站在椴树尚未发芽的枝头上放声歌唱。

它并不是孑然一身。一只雄性乌鸫发出刺耳的咯咯声，林岩鹨啁啁啾啾，鹪鹩啼啭，骨顶鸡唧唧鸣叫，还有一只戴菊——声调高到我仅能勉强听到它的叫声——在一棵松柏上的幽暗深处某个看不见的地方唱着充满节奏感的"忒嘚嘞——忒嘚嘞——忒咿"。

但是，只有知更鸟的歌声穿透了周围的喧嚣，为这里典型的城市噪音场景赋予了田园色彩。我怀疑它不仅不出所料地建立了自己的领地，并找到了心仪的伴偶，还有可能已经开始筑巢。

研究表明，城市里的鸟儿比乡下的鸟儿要提早多时进入繁殖期。如前文所述，部分是因为城市热岛效应导致的相对温暖的局部气候。所有大城市都是如此，不论维度高低。不过，尽管似乎有违直觉判断，比起周围的乡村，城市环境可以为鸟儿提供更多的食物。

我们为园鸟投食的习俗——如今不仅限于冬季，春季也是如此——意味着每一只城市知更鸟的领地内通常都有可以轻易获得的、来源稳定、数量充足、营养丰富的食物。因为抛弃食物垃圾的习惯，我们也会无意中提供食物。昆虫在城市环境中也是较早出现，而且数量比乡村更多：一方面因为相对温暖的气候，另一方面，也因为不像在乡野，这里的土地没有被喷洒致命的杀虫剂。

此外，城市的鸟儿之所以比乡村的鸟儿更早进入繁育期，还有另外一个原因。由于遍布我们街道、居所和办公场所的人造照明，城市的夜间要比乡村明亮得多。在春季，即便是多出少量的光照，也会加速荷尔蒙分泌，将繁殖期往前推进，最多可达四周。

对于蓝山雀等鸟类来说，这种现象并不会带来多少优势。因为它们本来每年只会抚育一窝雏鸟，所以还不如等到春暖花开光景正好的时候。但是对于每年一般抚育两窝有时是三窝雏鸟的知更鸟而言，提前进入繁殖期，意味着拥有更大的机会养育更多的雏鸟——只要在春天没有遭遇突如其来的倒春寒。

不过，眼前这只伦敦城内的知更鸟，在考虑抚育第二窝后代——甚至第一窝后代——之前，首先要经历繁殖的第二阶段：求偶期。这个阶段与配对期不同，尽管两者在行为表现方面有着重叠之处。

对于很多鸟类，"求偶炫耀"持续时间长，形式绚丽又高度复杂。比如，凤头䴙䴘的"企鹅之舞"就是一个极佳的例证。首先是长久、繁复的前奏阶段，包括打理羽毛等无以计数的转移行为，之后是两只鸟儿在水中站立，竭尽全力拍打双翅，保持直立，然后向彼此挥舞水草。除此之外，雄孔雀开屏炫示巨羽，耀武扬威地踱来踱去，也是求偶炫耀中令人叹为观止的最佳典范之一。

不过，遗憾的是，知更鸟的求偶行为持续时间要短得多，也更小心隐秘。事实上，这经常是那种眨眼间就会错过的时刻。甚至它们用以驱赶竞争对手的关键武器——色彩鲜艳的胸脯——也几乎不会派上用场。恰恰相反，雄鸟和雌鸟很快就会进行交配，鲜少或完全没有求爱的举动。

唯一的例外，是一种被称作"求偶喂食"的现象。

雄鸟有时会向雌鸟敬献食物。同样的,这一过程一般是雌鸟引发:雌鸟通过发出单音符的短促声响和抖动翅膀,促使雄鸟衔着一小块食物向它靠近。十九世纪早期的诗人罗伯特·布卢姆菲尔德(Robert Bloomfield)——描述乡村生活方面,他的成就堪比约翰·克莱尔——在诗中称颂了这种亲密无间的行为,诗文展现了他标志性的细致入微的观察:

> 红胸的知更鸟在林荫中避雨,
> 待阵雨骤停,晦暗消去,
> 碧蓝的天色又弥散环宇,
> 便飞起捉住湿泥里探身的虫
> 满心欢喜,飞上滴水的藩篱,
> 和它的伴侣分享胜利的大礼。

观看这种在很多鸟类中都会出现的喂食仪式时,我想起母鸟喂雏的情景——和此处所描述的并无二致。整个过程格外亲昵动人,进化出这一环节是为了增进雄鸟和雌鸟之间的关系。此外,这一过程也可以作为关键前奏,引出接下来至关重要的一步:交配。就像其他很多类鸣禽一样,知更鸟的这个过程短暂迅速又草草了事,很容易被观察者错过。

我刚走出公园门外,知更鸟甜美的乐音便开始消退,一两分钟后,我再也听不到鸟的歌声——甚至燕子叽叽喳喳的叫声也不知所踪。步行返回繁忙嘈杂的国王十字地铁站时,我想到,对于数百万在这个喧嚣、拥挤的城市居住和工作的人们而言,坎姆利街自然公园这片半自然的庇护所多么重要!

很久以来,人们都认为禽鸟的歌声对于我们有着某种裨益——尽管我们知道它的功能是纯粹生物性的,但是它仍然帮助改善了我们的情绪和感受,提升了我们的幸福感。奇怪的是,只是到了最近,通过把户外绿地对我们的好处和鸟儿歌声的特殊效果区分开来,相关研究才最终证实了这一点。

研究的结论在我们的意料之中:听取鸟儿的鸣唱能让我们更加心平气和、怡然自若;如果这是由一种我们认识和心仪的鸟儿发出的声音,效果尤甚。不过,很少有鸟儿像知更鸟这般广为人知或深受喜爱。

三月里的第一个晴天,一刻胜比一刻的甘甜
门前挺拔的落叶松上,一只知更鸟展喉歌唱

空中弥散着神的恩宠,如一种欢乐充溢胸中
让人沉醉于山川树木,与原野里的芳草葱葱

—— 华兹华斯:《致我的妹妹》,1798 年

三　月

我正位于北德文郡巴恩斯特珀尔附近的塔尔卡小径上,离春分还有几周的时间,在这个风和日丽的三月清晨,初春的迹象在此处尽收眼底。不过,今天我不是来寻找水獭的踪迹,而是来探访一种更加非比寻常、引人入胜的存在。

一小簇一小簇的迎春花——它的名字"primrose"源自拉丁文,意为"第一朵花"——点缀了小路的一侧,我在今年看到的第一只熊蜂在空中飞舞,寻找其赖以生存的花蜜。空气中还有一丝寒意,但是蔚蓝的天空和越来越强的光照预示着今日温暖怡人的天气。

我正在漫步的小路曾经是连接巴恩斯特珀尔和托灵顿的铁道。1965 年,它被饱受诟病的比钦博士(Dr

Beeching)① 关闭弃用，半个世纪后又复活重生，成为当地人周日清晨远足的绝佳去处。说话间，他们便赶来了：自行车手们身着黄、蓝、红等各种色调的莱卡运动服；一个尽心尽责的父亲用婴儿车推着还在蹒跚学步的幼儿，一个年龄稍大的孩子骑坐在他的肩上，小心翼翼地保持着平衡；一小队遛狗的人被他们迫不及待的宠物拖着前行。

所有人都是来这里享受漫步乡间的快乐。不过，我却无心享受如此令人放松的休闲活动。因为，我来此处是为了一项任务——或者更确切地说，一件突发奇想的小事：专程来造访某只罕见的鸟儿，虽然有可能寻而不遇。就像在以前来寻访这只鸟儿的日子里一样，我心中有着一种兴奋的期待感，虽然这只特殊的鸟儿是一只知更鸟，但是它却非比寻常。尽管它的叫声听起来并无特异，甚至行为举止也无不同之处，但是在外表上却与一般知更鸟大相径庭。现在我要做的就是寻找它的踪迹。

这条小径，以及两侧的树丛和灌木中处处是鸟儿的身影。苍头燕雀和乌鸫在我前面不远处蹦来跳去，用嘴

---

① 即英国铁路局（British Railways Board）首任主席理查德·比钦（Richard Beeching）。——编注

翻开落叶枯枝,寻觅可食的种子和昆虫。一只大山雀"喊喊嚓嚓"地放声唱着一首繁复欢快的切分音舞曲,林岩鹨啁啾鸣唱,鹩鹩轻声啼啭,这些旋律都点缀在附近主干道嗡嗡不断的声音背景之上。

知更鸟也栖居此处,并且数量可观。沿着小径,每隔几码的距离,似乎都会有一只歌唱的雄性知更鸟在守卫一片新的领地。有一只惹眼的家伙映入眼帘,它站立在一株刚刚发芽的桦树上,放喉歌唱。不过,虽然它的飒爽英姿不容置疑,但它并不是我要找的鸟儿。所以,尽管我忍不住想驻足于此,近距离欣赏这只在春日明媚阳光中歌唱的知更鸟,但我还得继续前行。

我以前从来没有意识到,雄性知更鸟有时能多么精于隐藏。沿途行走,我听到至少三只放声歌唱的知更鸟,不过让我恼火的是,每一只都难觅影踪。我的目光透过横竖交错的山楂枝叶,却看不到它们身在何处。具有反讽色彩的是,我在处心积虑地寻找知更鸟,反而找到了那些更加出没无常的鸟类:一只雄性红腹灰雀带着光彩耀人的樱粉色;一只小巧玲珑的戴菊以令人眼花缭乱的速度扇动翅膀,在温暖的阳光下啄食比它更小的昆虫。

就在附近，一只鸸从树干上滑了下来，炫示着铁青色与锈红色搭配的羽毛，眼睛上的条纹像是黑色的强盗面罩。

我抵达了据说是正确的位置，可以多听到三只知更鸟的叫声。其中之一肯定是我要找的那只。一只灰松鼠不怀好意地沿着树枝跳过——现在偷鸟蛋还为时尚早，不过晚些时候它会再次回来。

我看到了第一只知更鸟，然后是第二只——两只都是典型的知更鸟。位于小径远处的第三只似乎停止了歌唱，为此我不得不借助新的技术。我把智能手机拿出来，找到一个播放知更鸟鸣叫的应用程序。不过，还没等我按播放键，一对父女停下自行车，问我是否在寻找什么特定的东西。这个九岁的女孩儿兴奋地指向树枝，有一瞬间我以为她瞅见了我在寻找的鸟儿。不过，后来发现这是一只食蚜蝇，翅膀嗡嗡扇动，将身子固定在空中。的确很是神奇，但不是我要找的东西。

这对父女骑上车子离去了，我按下手机上的播放键，然后屏气凝息，开始等待——因为我的时间正在快速减少。我答应家人回去吃周日午餐，所以这肯定是我的最后一次机会了。知更鸟熟悉的歌声播散在清晨的空气中，几乎同时，一只小鸟从我头上飞过，落在附近的树上。我举起双目望远镜，就在那里，我所寻找的鸟儿终于现身了。一只知更鸟——但这是一只别样的知更鸟。

我来探访的这只知更鸟完全不是"红胸鸟"，而是一只灰白相间的鬼魅一般的存在，没有它的普通亲戚们那令人感到熟悉的巧克力棕色和橘红色的外观。除此之外，它显然是一只知更鸟：翘起的尾巴，乌黑如珠的眼睛，还有忽动忽停、短促迅速的动作，这些无疑都是知更鸟的特征。

近观会发现这只鸟儿的头顶、颈项、背脊、尾巴和双翅是一种微妙的鸽灰色，飞羽的边侧有些许浅淡但明显的棕色。前额、面部和前胸是柔和细腻的奶油色，渐变至腹部和肋腹的淡灰色。除此之外，它长着棕灰色的双腿，灰色的鸟喙，乌黑发亮的眼睛——这一点和其他知更鸟一样。我好奇第一个恰巧遇到这只鸟儿的人看到它时，心中作何感想。我可能会认为这是一只特别稀有的亚洲鸫或鹟，乘着东风来到此处。然而，当这只鸟儿开始活动，随后又张口鸣叫时，它的真实身份便立即暴露了。

它并不轻易现身,好像是因为如此与众不同,所以它才保持警惕,以防吸引注意。它的领地依傍着皇家海军的营地——一间间老式的桶形棚屋,垃圾被风吹起打在铁丝网上——也不如其他知更鸟的领地美观:整个环境难以匹配这只非比寻常、引人注目的鸟儿。

不过,渐渐地,它壮大了胆子,开始完全展露在我的眼前,伫立在荆棘丛中一枝带刺的玫瑰之上。然后,它起身飞了一小段距离,落在一根树干旁的小枝上。

这个时刻对于我意义非凡。从孩提起,至今五十余载,我一直对知更鸟了如指掌。事实上,我根本无法记起有过不知道知更鸟外观形态的时候。我这一生,已见过数千只——有可能上万只——知更鸟;不论是在丛林和花园,还是在海岸和芦苇荡,每一只知更鸟(当然,身上长着斑点的雏鸟除外)看起来都一模一样。

但这只鸟儿却是个例外。眼下,它正端坐着为我歌唱,毫不费力地在小径上方的一根树枝上保持着平衡,乐句之间颔首摆尾,有时停下来打理翎羽,然后又继续开口演唱。

我又重新播放了手机上的应用程序,它的反应和我预想的一模一样:快速向我飞近,居高临下地从它的栖木上俯视着我,歌声越来越响亮。

与此同时,一只雀鹰在头顶的空中翱翔,一群金翅雀发出清脆的叫声,两只鸫鹩在我的两侧表演着二重唱,进行着一场鸟类世界的对决。春天真的已经近在咫尺了。

在随后的三个月内,知更鸟争相进入繁殖期,这是它们短暂而繁忙的一生中最为重要的时期。我离开了塔尔卡小径,希望这只特殊的颜色浅淡的知更鸟会存活下来,吸引到配偶,并且成家育子。

这只幽灵般的鸟儿与生活在英国的其他数百万只雄性知更鸟之间,为何如此不同呢?

显然,它不是一只患了白化病的鸟儿——它的黑色眼睛(而不是白化病患者的粉红色)以及灰色上身排除了这种可能性。它也不是一些观察者提出的知更鸟的轻白化变种——缺失所有正常的颜色。我回到家里,为了查明这只鸟的颜色究竟缘何如此不同,专门联系了非正常鸟类羽毛研究专家,英国自然历史博物馆禽鸟馆资深馆长：海因·范葛罗乌（Hein van Grouw）。

海因解释说，正常知更鸟羽毛的两种颜色——真黑色素和褐黑色素——淡化了。相较于泛着淡红色或黄棕色的褐黑色素，可以在棕色与黑色头发以及皮肤上发现的真黑色素淡化的程度可能较轻。不过，两种色素仍然少量存在，这就解释了为什么它的胸部和头顶并不是纯白色，而有微微的奶油色。海因将这种双重色素缺失的现象称作"稀释淡化"。

这一特征并非仅存于这只鸟身上的孤例：过去十年，人们在约克郡、肯特郡均发现了相似的案例，巧合的是，第二只灰白相间的知更鸟就在这条路下方被发现，位于塔尔卡小径前方不远处。不过，考虑到至少有六百万对繁育期的知更鸟生活在英国，这种现象还是极为罕见。鉴于知更鸟温顺近人的秉性，我们可以肯定，如果这种外观独特的鸟儿在别处现身，应该会被发现并报告——不管是出现在迁徙地、鸟食台还是城郊的花园里。

你也许会认为它们非同寻常的外表会影响其求偶繁殖的成功率。不过，有证据显示，它们能够和颜色正常的雌鸟成功配对。这也说明了，尽管人们普遍认为知更鸟橘红色的胸脯对保卫领地和吸引异性而言至为关键，但这个特征实际上可能并非如此重要。

再次回到花园里，三月中旬的一天刚刚破晓，一只雄性知更鸟栖在一株苹果树最高的树枝上，在清晨微弱的阳光中，炫示着它的胸脯。但是，它还未来得及张口唱响今天的第一支歌，便为附近树上枝叶中传来的一阵短暂的动静分了神，这阵动静还伴随着尖利、急促的吱吱声。它侧过头来，更小心仔细地聆听，又听到了这一声音，这次声响更大了。

随后，这阵动静的制造者出现了：另一只知更鸟。这是一只雌鸟，它的配偶在邻家花园占据了领地。不过，由于刚刚配对，初来乍到，它还不清楚它的配偶及其竞争者之间领地的边界划分。

这只雌鸟的困惑不会持续太久：这片领地的男主人意识到它的小王国遭到威胁，从高处俯冲而至，将这只雌鸟驱赶出境。它抖动自己胸部的羽毛，在雌鸟面前摆弄姿势，然后一跃飞起，将雌鸟赶到自己的地方去。即使雌鸟先前不能确定两片毗邻领地的楚河汉界，现在也肯定对此了然于心了。

但是,事情并未到此结束。雌鸟的配偶觉察到了这一切,已经赶来救援。这当然也引起了作为防御方的雄性知更鸟配偶的注意,所以现在四只知更鸟都卷入了争斗。

两只雄性知更鸟先打头阵:它们扇动双翅,伸展利爪,在飘飞着羽毛的空中搏击;而它们的配偶则同样以充满敌意的报复性动作煽风点火,加油助威。然而,几分钟过后,侵入的雄鸟认定,审慎行事重于蛮勇出击,于是鸣金收兵。这一局,主方1分,客方0分。

随着进入繁殖期,两对鸟儿更加清晰无误地确定了双方领地的位置,此类边界纠纷也越来越少了。即使发生了,一般也是由两只雄鸟隔着边界高声对歌予以解决,就像两个争执不休的邻居,隔着花园篱笆,大声叫嚷一番。

到了五月底或六月,两对知更鸟都忙着喂养嗷嗷待哺的雏鸟,它们原来的竞争关系也日益淡化,直至可以看到四只鸟儿同时在同一片草皮上蹦蹦跳跳,寻觅蠕虫,彼此之间敌意全无。不过,到了八月,为了巩固领地,为即将来临的秋冬两季做好准备,它们之间又会燃起硝烟。

第二次世界大战之前数年,在德文郡任教师的早期生涯中,戴维·拉克对知更鸟展开了古往今来几乎无人能及的细致严谨的研究。他发现,尽管有着竞争关系的雄性知更鸟之间偶尔会决一死战,但是这种情况少之又少。毕竟,如果争斗变得太过暴力,两只鸟儿都会意识到自己有生命危险或可能身受重伤,因此通常会停战撤退。

所以,退而求其次,它们会付诸摆弄姿势的方式:这是宣示意图的仪式性动作,并不会导致实质性的肢体冲突——事实上,很多此类姿势的目的,就是专门用来将争斗的可能性减少到最低。与二月里雌雄知更鸟开始配对时的行为举动类似,这也是一种"转移行为",尽管此时是发生在两只雄鸟之间。

拉克在知更鸟中多次发现这类行为,由此得出结论:这类行为有助于在剑拔弩张的高度戏剧性时刻缓和紧张局势。有趣的是,他在此基础上进行了进一步引申,将其和我们人类自身的行为进行比较,并指出:"在两个看似摩拳擦掌、实际犹疑不定的准备打架的小男孩之间,可以发现同样的行为。"

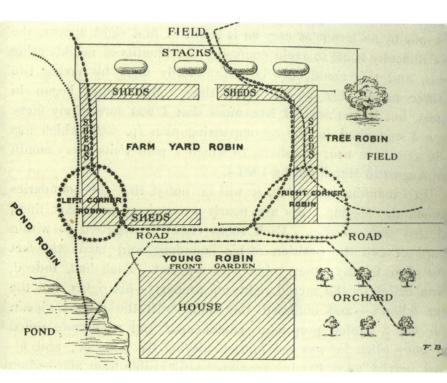

知更鸟领地示意图

他也可以轻松地把有着竞争关系的雄性知更鸟跟两个在夜店里对峙的男青年对比，后者也是使用明确无误的姿势宣示自己对地盘（或者女人）的占有权，同时往往在潜意识里向对方发信号，并不想发生实质性的打斗。

三月是繁殖期实际开始的时候——并不仅是知更鸟，所有栖息英国的鸟儿都是如此。这个月第三周，春分到来，标志着冬春交替，六个月来，白昼第一次比黑夜更长。

更多的光照意味着更长的觅食时间，随着草木复苏，第一批昆虫也开始蠢蠢欲动。在三月末阳光明媚的好天气里，可能有四种不同的蝴蝶翩翩起舞：金丝雀色的钩粉蝶；华丽炫目、长着假目的孔雀蛱蝶；多色而小巧的荨麻蛱蝶；还有俊秀的黑色与橘色相间的白钩蛱蝶，其鳞翅下长着奇特的弧状白斑，仿佛一个逗号，这种独特的蝴蝶由此亦得名"逗号蝶"。①

对于知更鸟来说，早春时分，甲虫、蚂蚁等小型昆虫纷纷登场，而它们是知更鸟食谱的主要构成部分。但是，若是知更鸟对食物过于挑剔，它们也不会像现在这

---

① 白钩蛱蝶英文名为"comma"，原意为"逗号"。——编注

般普通常见、分布广泛；它们捕食的昆虫品类繁多，包括飞蛾、小型蝴蝶、蜜蜂、甲虫、蛞蝓、胡蜂、潮虫、蚯蚓和蠼螋。在一年中的其他时节，当昆虫食物短缺或时机恰好的时候，它们会食用水果和种子，还包括我们选择放在鸟食台上的任何吃食。

不过，现在光照更长，气温更暖，昆虫更多。这触发了包括知更鸟在内的我们这儿的鸣禽大脑中的某种东西。求偶的过程告一段落了，接下来是筑巢、养家等艰苦劳动。

对于大多数鸟类，繁殖期开始的时间都是"因鸟而异"，知更鸟也不例外。筑巢一般在三月底开始，不过它们有时会提前在一月和二月筑巢，甚至在新年之前的十一月和十二月就开始了。

现在，这种提前筑巢的现象比以往更加常见，尤其是在天气条件非常温和的冬季。不过这类与时令不符的繁殖行为常常以失败告终。然而，也发生过知更鸟在隆冬时节育雏成功，养到羽翼丰满的个案。

不过，在一个典型的年份，春分或大约 3 月 21 日之后，日照渐长，鸟儿的筑巢行为便会被触发。雌鸟开始收集建筑材料，通常在选定的巢址附近。知更鸟的巢一般以秋天收集来的枯叶做基础，覆盖一层柔软的苔藓，再往上面，铺一层毛发、枯草或羽毛，形成浅浅的杯状，雌鸟会将卵产在其中。

鉴于知更鸟如此稀松寻常，奇怪的是，找到它的巢却困难重重。部分原因是，在筑巢的时候，雌鸟会小心谨慎，避免引起注意：它以不慌不忙的方式，低频次地将材料运送到筑巢地点，整个过程要花费三至四天的时间才能完成。雄鸟躲过了这番辛苦，这种分工迥异于鹪鹩，雄性鹪鹩必须建筑若干个"雄鸟巢"，每一个都要接受雌鸟的认真检视，直到雌鸟找到最合适的那一个为止。

不列颠所有的鸟儿中，知更鸟的筑巢地点要比所有其他种类的鸟儿更为多种多样。今天的爱鸟者——不论多么专业——往往对此一无所知，这是因为在过去几十年，收集鸟卵成了被立法禁止的事情，寻找鸟巢的行为便也减少了。

不过，我们那些生活在维多利亚时期的先人是寻找鸟巢的好手。其中一位还是神职人员——约翰·克里斯托弗·阿特金森（John Christopher Atkinson）牧师。他出生于1814年，即滑铁卢战役前一年，度过了漫长而建树颇多的一生，在恰好迈入二十世纪的时候辞世。孩提时代，他生活在埃塞克斯乡下，在那里，如其同代人一样，他学会了如何寻找鸟巢、收集鸟卵。

后来，他利用了这类孩提时代积累的知识，在1861年出版了一本薄薄的专著：《不列颠鸟卵与鸟巢通俗读本》(*British Birds' Eggs and Nests, Popularly Described*)。这本书中，他并不讳言，称其中很多实践知识都源自早年采集鸟蛋的经历。这本书非常流行，前后印刷了至少十六版，在作者谢世之后很久依然被广泛阅读，激发了一代又一代鸟卵收集者以及鸟类学家——希望情况多是后者。

在关于知更鸟的条目中，阿特金森怀着难以抑制的激动之情，描述了这种鸟类对于非比寻常的筑巢地点的喜好。不难想象，这也增加了寻找它的巢和卵的难度。阿特金森描写道：

> 一百种各异的地点，这种小鸟选来筑巢……
>
> 马车车篷；蒸汽船；木屋；铁匠炉附近；常用的花园棚子；常青藤或其他常绿灌木；河堤；树篱；

废墟、堤坝或房屋墙壁上的孔洞——所有地点似乎都适合它择址筑巢。

戴维·拉克也注意到了这些五花八门的选址,并列举了"果酱瓶子、信箱、旧皮靴、布道台、骷髅头,甚至还有一只死猫"等筑巢处。他还记载了伯明翰的一个居民曾惊奇地发现一对知更鸟在其未铺好的床上筑巢,甚至为此另择卧榻,直到几周后雏鸟羽翼丰满,飞离巢穴。就速度而言,贝辛斯托克的另一对知更鸟更快:"一位园丁在上午九点十五分将外套挂在工具棚里,下午一点,当他要拿下外套去吃午饭时,发现其中一个口袋里有一只几乎筑好的鸟窝。"

为了躲避捕食者,知更鸟偶尔会在教堂里筑巢,有时也会导致宗教问题和现实问题。十九世纪,至少发生了两例此类事件。它们将窝儿搭建在桌面摊开的《圣经》上。无人知晓,教堂的主事是否最终选择对这只鸟儿听之任之,不去搅扰它那个选址不甚方便的巢穴。

但是,可能最令人称奇的是一对在萨里的知更鸟。它们将巢筑在马车里,这辆马车之后便驶往萨塞克斯郡的沃辛镇并折返——全程至少一百英里。据观察,一只成年知更鸟全程跟随这辆马车，勤勉地随行喂养幼雏。

后来，辑录鸟类怪异行为的专家马克·科克尔（Mark Cocker）在《不列颠禽鸟》（*Birds Britannica*）一著中记载：知更鸟曾在"胜利号"桅杆被炮弹击中而留下的弹孔中筑巢［这正是纳尔逊（Nelson）将军身受致命之伤后倚靠的那根桅杆］；也曾在第二次世界大战时一架飞机的引擎中筑巢（这架飞机每次执行任务都带着这一家不速之客）；还曾如拉克记录过的一样，在一个被执行绞刑的死刑犯头骨里筑巢，这名罪犯因拦路抢劫在1796年被绞死。如拉克所言，在知更鸟眼里，这些我们认为千奇百怪的筑巢地点并无不同寻常之处："一只知更鸟将巢修建在缝隙或孔洞里，人类提供的此类处所与自然生成的处所皆可使用，并无优劣之分。"

我倒是未曾在类似上述非同寻常或令人骇然的地方见过知更鸟的巢；不过，我的确在一些奇特的地方看到过它们，比如，我小时候在我家位于郊区的半独立式住宅车库一个架子上看到过它们。当时，我难以理解为什么这对特别的鸟儿不选择花园中很多处适合筑巢的地方。很可能，我当时认为它们在室内可以避开天敌以及恶劣的天气。确实有此可能。

一旦雌性知更鸟筑好了巢，它就会开始产卵。在破晓一个小时左右之后，它会卧在杯状的巢里，在正中心产一颗小小的卵，让卵落在柔软的巢内。每过一天，大概在同一时间，它都会再产一颗卵，一颗接着一颗，直到这一窝产完——通常四至六颗。

这些蛋通体奶油色，点缀着细小的斑纹：红棕色的色斑、纹路或斑点，为防止好奇者的入侵提供了有限的伪装。但是，就像生产较为招摇、引人注目的卵的其他鸟儿一样，雌性知更鸟会特别端正地坐在巢里——也以此隐藏色彩鲜艳的胸脯，避免招惹注意。

我们不应低估雌鸟产下一窝卵所付出的艰辛。每颗蛋大概两厘米（四分之三英寸）长，重二点五克（略大于十二分之一盎司，或约等于半张 A4 纸的重量），但是合在一起则意味着每窝蛋可能重达十到十五克（也即是三分之一至二分之一盎司）。这是一只雌鸟体重的一半至四分之三，而此时正值初春，食物可能稀少。想象一个女人生育四胞胎或五胞胎，每个婴孩重八至十千克（十七至二十二磅），总重量超过六英石，我们就能理解这个过程多么艰辛。

就像其他鸣禽一样，等下完所有的蛋，雌鸟才会开始孵卵，因此所有的雏鸟都会在大概同一时间孵化。只有当一窝蛋全部下完时，雌鸟才会开始坐巢，孵化的过程也随之而来。

一只巢藏在长满苍苔的树根处,
苔藓和枯草制成,填塞了毛发,
里面五只棕色的卵,温暖舒适,
不久就会孵出一窝快乐的雏鸟
栖息在这片隐秘安逸的林荫处。

——约翰·克莱尔:《知更鸟巢》,1835 年

四 月

我还记得第一次遇到知更鸟的鸟窝时的情景。那时我应该八九岁了,我的目光穿过怒放的黄色忍冬花,渐渐适应了黑暗。就在那里,在阴暗的绿叶丛中,有一只由落叶和枯草做成的杯状鸟巢;在一层柔软的绿苔上,放着五颗形状完美的蛋。

我伸手进去,小心翼翼地拿起其中一颗,避免指尖不小心碰碎这个小东西。在阳光下,它的颜色呈现出来:一种奶白的底色上,覆盖着一层红棕色,就像有人用德文郡的土壤在上面随意涂抹了一番。

我必须承认,有一刹那,我禁不住诱惑,想要把这个宝贝占为己有。但是,去年我曾偷了一颗乌鸫的卵,放在我们的烘干柜里数周。直至我失去耐心,将这颗蛋打开,里面露出一只早已死去的乌鸫娇小的身躯。这段经历让我再也无心收集鸟蛋。我努力想象小知更鸟在卵中成长的样子：每一颗或大或小的蛋中孕育的大自然的奇迹。我知道取走它是错误的行为，所以又把它尽量小心谨慎地放回原处，将它掩在忍冬花的枝叶和花簇形成的安全屏障之后，转身离去，不再打扰知更鸟和它的巢穴的安宁。

与所有的鸣禽一样，雌性知更鸟承担所有的孵化责任。这大概需要两周的时间，不分昼夜。不过，它并不会连续不断地坐在上面。在每年的这个时候，它腹部的羽毛会部分脱落，露出一块皮肤赤裸、被称作"孵卵斑"的区域。这使得它能将身体的热量直接传递给卵，让其中的雏鸟生长发育。

在这一时期，它必须确保自身的能量，因为一旦雏鸟开始孵化，它和它的配偶便要开始喂养工作了。时不时地，它会悄悄地从巢中移身，飞出一小段距离觅食，并且留心避开捕食者的注意。

如果它还没有离巢，它的配偶就会发出短促的叫声——只是几声啼鸣——唤它前来。有时，它要自食其力，不过，雄鸟通常会来喂它，衔来一嘴小虫子或其他昆虫。但是，雄鸟很少会把食物直接送到巢里——因为这么做无异于向周围的猫暴露目标。通过提供食物，雄鸟为它节省了宝贵的精力和能量，减少它不得不离开蛋的时间，也加深了两只鸟之间的情感联结。

这一过程会持续大概两周，直到雏鸟破壳而出。雌鸟能感觉到这个时刻的来临，因为雏鸟在蛋中的活动会变得比以往更加频繁。它会用喙上被称作"卵齿"的一个小小的突起物，来敲破硬硬的、起保护作用的蛋壳，然后一只初生的知更鸟便降临到这个明亮、崭新而又陌生的世界了。

对于雄鸟来说，此刻工作正式开始。每天从早到晚，它都要不辞辛劳地飞来飞去，捕捉小型昆虫和毛虫，带回来喂养嗷嗷待哺、快速成长的雏鸟。

早春时分，日照较短，每窝鸟的数量较少，一般四至五只。到了六月，供雄鸟和雌鸟觅食的光照时间最长，第二窝鸟一般为六只，有时甚至更多——特殊情况下，可以有多达八只幼鸟得到抚育，日渐长大。

并不是所有的卵都可以被成功孵化：平均而言，近三分之一的卵无法孵化，一般还是留在巢里。然而，在雏鸟破壳而出后，成鸟一般会把碎蛋壳移出巢外。就像大多数鸣禽一样，知更鸟爱惜自己的家宅：它们会格外注意保持自己的巢干净整洁。幼鸟在进食后会排便，不过幸好其粪便均包裹在小小的囊中——或者，借用比尔·奥迪（Bill Oddie）的话说，"塑封的便便"——这让父母可以轻松地将这些粪便清理干净，以防巢内卫生状况不佳。一只知更鸟幼鸟大约每小时会排出一个粪囊，让父母忙碌不息。

就像所有的鸣禽一样，刚孵出的知更鸟皮肤裸露，目盲无助。不过，它们求生的欲望强烈，令人难以置信：几个小时之后，它们便会本能地对雄鸟的到来做出反应，起身张开亮黄色的口。这正是雄鸟所需要的反应：将衔来的食物投放完毕后，它会立即飞走寻找更多食物。

孵出约五天后，雏鸟开始睁开眼睛，第一次能够左右顾盼观察周围的新世界，第一批针羽开始早早长出。到八至十一天时，真正的羽毛开始出现在它们的脊背和翅膀上。直至雏鸟羽翼丰满，将要离巢之时，尾羽才最后长出。

随着雏鸟成长，体型变大，开始初具知更鸟幼鸟模样而不再是小型恐龙的样子时，雌鸟终于可以飞离巢穴去寻找食物了。事实上，在幼鸟羽翼渐丰之时，雌鸟参与觅食的劳动至关重要。等到两只成鸟皆可带来食物，幼鸟便能加速生长。它们在破壳而出时体重不过一点七克（十七分之一盎司），到了羽翼丰满时，体重增加了十倍以上，达十八克（四分之三盎司），与父母不相上下。

雏鸟一般会在巢内待两周或更多的时间，不过它们也有可能因禁不住诱惑，或者因遭遇掠食者侵入而提前离巢。但是，待在安全的巢中自然是越久越好。

一旦侵入者——即便是人类这样的善意侵入者——逼近鸟巢，两只成鸟都会尽其所能吸引对方离开。就像其他鸟类一样，它们一开始会发出一系列轻柔的警报叫声，而一旦侵入者离得太近，它们可能会采取别的策略。有时，它们会进行科学家们所谓的"引离行为"（distraction display）——成鸟贴着地面拖着翅膀跛行，好像受了伤，试图将捕食者引开（这种方法一般都会奏效）。

与此同时，雏鸟会尽量压低身子，趴在巢内，尽可能减少暴露。如果它们已近成年，则较难实现这一点。羽毛上的斑点会让它们的身形不至太过明显，有助于它们藏匿。对于一个透过枝叶观望的无心的观察者来说，它们看起来就像是斑驳的阳光照射下的叶子。

有时候，父母一方在离巢觅食时不幸殒命——被天敌捕杀，径直碰死在玻璃窗上，或被汽车撞死。一般情况下，这意味着幼鸟会缓慢饿死，因为剩下的那只成鸟无法找到足够的食物。不过，如果它们仅差几天便可长成，而且天气较好，有大量的昆虫供剩下的成鸟捕捉，那么它们也可能存活下来。

并不是每一只雏鸟都可以活到成年。五分之一会在此前死去，要么是因为无法获取足量的食物（食物欠缺或最强壮的雏鸟独占食物），要么是因为全巢被捕杀，一窝鸟儿遭遇灭顶之灾。总的来说，一颗卵最终长成一只成鸟的几率仅仅略高于百分之五十，成功率在繁殖期的中间时期最高，而开始或结束时则略低。

离巢飞去是一件戏剧性的大事。要知道，这些幼鸟还未曾接触过安全封闭的鸟巢以外的世界。不过，它们本能地渴望离家出走，尤其可能是因为此时巢里已经非常拥挤，几乎难以负载四只存活下来的鸟儿。

在最终离开前两至三日，每只幼鸟都会练习拍打未曾用于飞翔的翅膀，有时，在尤其用力的练习中，它有可能不小心从巢中掉落下来。不过，不考虑这个危险，这种练习可以让它们稚嫩的飞翔肌肉变得强壮。它们还会用鸟喙打理翅膀和尾巴上的羽毛，使之保持整洁，处于最好的状态。

最后，在一个清晨，离巢的时间到了。雄鸟和雌鸟通常会栖在几米之外，发出短促而持续的叫声，为子女加油打气。最大的那只幼鸟会率先跳下鸟巢，疯狂地拍打翅膀，飞不了多远便就近落在一根树枝上，然后像一个走钢丝的新手一样紧张兮兮地站在那里。

很快，其他鸟儿也纷纷效仿；尽管最后出来的那只幼鸟要靠父母连哄带骗才肯就范，但是在开始后一个小时左右，四只幼鸟就都已安全飞离鸟巢，乞求雄鸟喂食。任何拖延自然都可能带来致命的后果，因为幼鸟的喧闹很容易招来附近的家猫之类的不速之客。

即便所有的幼鸟都已成功飞离巢穴，知更鸟夫妇的职责依然远未完成。离巢大约三周后，知更鸟幼鸟还会经常性地乞食，在这之后，它们才会最终独立生存。然而，即使到了那个时候，它们还是往往会在出生地附近活动。比起陌生的区域，它们更喜欢家附近熟识的环境。

远离巢穴喂养幼鸟时，对于幼鸟和成鸟都是最为危险的时期：在巢内的时候，它们最安全，尤其是如果巢位于茂密的植物之中。但是，一旦远离庇护所，它们就会变得特别脆弱而易受攻击，它们中的很多会惨遭捕杀。就像对所有的园鸟一样，对知更鸟而言威胁最大的是家猫，紧随其后的是雀鹰。

并不是所有知更鸟的繁育都能按计划进行。在极少情况下——鉴于整个英国范围内这种鸟的总数已经减少，现在此类情况更少——杜鹃会选择一对知更鸟作为宿主。

一个清晨，一只雌性杜鹃鸟会在知更鸟的巢里产下一颗蛋，将其他所有的蛋都推出巢外。一旦杜鹃鸟幼鸟孵出，它也会遵循其残忍的天性，将所有剩下的蛋或其他雏鸟推出巢外；而知更鸟则因另一种天性而喂养这只体型巨大又在快速生长的幼鸟——即便它已经变得过于庞大，超出鸟巢的承载范围，甚至体型远远胜过养父母。

通过分析业余鸟类爱好者在1939年至1982年间提交给英国鸟类信托基金会的近一万三千张鸟巢记录卡片，就会发现将近二百分之一（总计约六十个）的知更鸟巢内有一只杜鹃蛋或杜鹃雏鸟。与之相比，对于杜鹃鸟在英国最喜欢的宿主草地鹨、芦苇莺与林岩鹨而言，这一比例则达到四十五分之一到三十二分之一。

不过，在中欧和俄罗斯，情况则大相径庭。那里的知更鸟是杜鹃常选的宿主。为此，杜鹃还进化出了产出模仿知更鸟鸟卵颜色和斑纹的卵的能力，借此减少其体积大得多的卵被发现的可能性。

在很偶然的情况下，雄性知更鸟会"一夫二妻"，同时与两只繁育期的雌鸟结为配偶。这种情况通常只会在两只雌鸟几乎同时出现在雄鸟领地的情况下发生。即便遇到前述情形，其中一只强势的雌鸟一般也会将另外一只驱逐出去。不过，有时三只鸟儿会最终结成一种"三角关系"。

通常情况是，一只雌鸟早于另一只雌鸟若干天开始筑巢，产卵的时间也比后者早。一旦前一只雌鸟开始安安稳稳地孵卵，雄鸟就可以给后面的那只雌鸟倾注更多

Photo by W. Farren

Robin's Nest in an old hat

的精力。当然，这样做会冒着两个巢的繁育都以失败告终的现实风险，因为雄鸟需要分散职责，精力上无以应对。不过，如果食物充足，雄鸟的冒险有望结出硕果。

在萨塞克斯郡，曾发生过这么一件事，两只雌鸟在园墙的常青藤上紧挨着筑巢，几乎同时产卵，并且都成功将雏鸟养大。还有一件更加非同寻常的事，也是发生在萨塞克斯。两只雌鸟在同一个巢内产卵，然后都试图进行孵化。令人难过的是，这个实验无果而终，鸟儿最终弃巢而去。

在知更鸟中，上述共处的事例很少发生。不管知更鸟多么讨我们喜欢，事实却相当出人意料。（那些听不进任何有损他们最爱的鸟儿之话语的读者，现在可能需要把目光转往别处了。）

到了四月，一对知更鸟可能已经在自己的繁殖地上生活几个月了，即便如此，它们仍然需要提防入侵者的到来。在鸣禽之中，知更鸟因其侵略的秉性而赫赫有名。

时不时地，一只尚无配偶的雄性知更鸟或雌性知更鸟会试图闯入一对知更鸟的领地。即使它们现在并不构成直接威胁，这对雌雄领地所有者知道，待到暮春时分，它们正计划繁育第二窝雏鸟时，这些不速之客便会乘虚而入，取代它们的位置。因此，大多数侵入者会被即时应对，一经发现便会被迅速驱逐。

现在，我们终于理解了知更鸟橘红色胸脯的用途。鸟类之中，鲜有发现某种鸟的雌性和雄性都长着鲜艳羽毛的情形；正常情况下，只有雄鸟看起来色彩艳丽，因为几乎在所有情况下，都是它需要在求偶中扮演主导角色，向所有不期而至的雌鸟求爱，并让对方相信自己品质优秀、堪当大任。

然而，令人称奇的是，知更鸟中，雌鸟与雄鸟外形相像，雄鸟色彩鲜艳的胸脯不是用于求偶。正相反，它是一种警示标记，警告雄性竞争者——在一些情况下，雌鸟也包括在内——速速离开。

戴维·拉克是第一个通过实验演示这一点的科学家，他的实验简单易行，常被人模仿。他买了一个知更鸟标本（花费了一先令的巨资——相当于今天的五英镑），然后将其放在一只雄性知更鸟领地的战略位置，希望引起后者的反应。他第一次这么做，没有惊起任何波澜，大概是因为当时正处隆冬时节。不过，在随后的春季，他将标本放置在知更鸟巢穴正上方的树枝上。雄鸟和雌鸟几乎在一瞬间同时对它发起了凶狠的攻击。

几周之后，当雏鸟在巢内生长的时候，拉克再次进行了实验。这一次，雄鸟和雌鸟立即开始努力将入侵者往外驱逐。它们变得越发狂躁不安，因为标本不会像真鸟一样飞身离去。于是，拉克与其他研究者在知更鸟繁殖期的不同阶段对不同的知更鸟重复了这一实验。有的知更鸟对标本几乎不闻不问，有的变得躁动不安，有的则将标本啄得羽毛飞散。

下一步则是要弄清，是知更鸟竞争者（虽然是一只无生命的、填充的知更鸟标本）激怒了繁殖期的知更鸟，还是红色本身的某些因素造成了这一结果。在不同阶段中，不同的身体部位被从标本上取下来，直到只剩下红色的胸脯。科学家还尝试以一小块橘红色的布料取代知更鸟标本。在这两种情况下，攻击依旧，从而不容置疑地证明了知更鸟颜色鲜艳的胸脯——在我们人类眼里，如此美丽迷人——居然是鸟类世界中某些最具攻击性之行为的诱因。

人们经常说知更鸟是为数不多的血战至死的鸟类之一。这在技术层面准确无误——在偶然情况下，它们的确如此——不过，大多数竞争者之间的战斗在其中一只陷入致命危险之前便早早收场。拉克在《知更鸟的生活》一书中写道："就如其歌乃是战歌一般，其红色胸脯乃是战士涂抹的油彩，不管是歌声还是羽毛，都有助于防止战争全面爆发。"

如同自然界其他看似赤裸裸的攻击的行为一样，例如黑松鸡的求偶场或马鹿的发情举动，我们所看到的多是仪式性的摆弄姿态：一种对于攻击性和力量的展示行为，而不是攻击行为本身。

从进化的角度看，这一点合情合理。如果每一只知更鸟在争斗中都怀有杀死或重创对手的意图，那么它本身受伤或被杀死的可能性也会大大增加。

没有哪一种鸟儿比红胸鸟起得更早；
它首先奏响丛林之乐，迎接晨曦的到来。
它的歌声也最晚结束，在傍晚时分也能
看到它振翅飞翔。

—— 布封伯爵乔治-路易·勒克莱克：《鸟类史》，
1771年至1786年

五　月

知更鸟最讨人喜欢的特征之一——除了圆润丰满、大腹便便的身形与橘红色的胸脯——是漆黑如珠的大眼睛，儿童文学家弗朗西丝·霍奇森·伯内特将其比作"黑色的露珠"。十八世纪法国博物学家布封是最先注意到这一特点的人之一，他颇有洞见地意识到这种眼睛让知更鸟可以在清晨比其他小型鸟儿更早开始觅食，在傍晚更晚结束。

并不仅仅是眼睛的尺寸——相对于头部和身体的比例，远远大过人类的眼睛——让知更鸟拥有视力优势。如大部分其他鸟类一样，知更鸟视力器官异常复杂巧妙，发达的视觉神经装载了感光受体，可以在很大范围内——从其鸟喙的尖端到很远的距离——聚焦。它们还有非常好的色觉视力，与其他鸟类一样，可以看到我们无法看到的紫外光。和其他易受天敌袭击的小型鸟类一样，知更鸟的眼睛位于头部的两侧，使得它们可以有非常宽广的视域。

良好的视力，尤其对暗淡的光线较强的感知能力，对于知更鸟等鸟类至关重要，因为它们主要是在灌木丛和矮树林下或者茂密的林木冠层下觅食，光照条件要远比开阔的旷野差得多。

有更长的时间觅食也提供了巨大的优势，特别是在繁殖期，成年知更鸟不仅需要填饱自己的肚子，还要照顾饥肠辘辘、嗷嗷待哺的雏鸟。这对于选择不在人类花园而在林地筑巢的数百万知更鸟而言尤其重要。在我们的花园里，自然界的食物集中，再加上人类额外的食物馈赠，补充能量相对容易，而在林地中则不然。

在其经过深思熟虑的标志性的描述中，理查德·梅比直接将知更鸟这一身体特征与我们对它的厚爱联系在一起：

> 知更鸟的眼睛位于头部两侧，与大多数鸟类无异；不过，在其独具知更鸟特色的倾斜头部的经典

动作中,这双眼睛似乎在直视着我们。我们暴露在这坦诚的目光之下,与这种无所畏惧又充满善意的动物直面。其他任何动物很少给予我们如此感受。难怪我们会被打动,并在那一刹那感到我们生活在同一世界。

在一个天气晴朗的五月清早,没有什么地方比一片英国林地更适合作为见证一场晨曦合唱的佳处。我来到新森林一个隐秘的角落,这里一片古老的树林正在欢迎春日里的常客:留鸟里有鸫鹩、知更鸟、山雀和燕雀;候鸟里有叽咋柳莺、黑顶林莺和欧柳莺以及红尾鸲、林柳莺等一些更为稀有的品种,它们均是从撒哈拉沙漠之南的冬季栖息地远道而来。

五点过半,太阳刚刚升起,不过在此之前,天已渐亮。在破晓前一个小时左右,群鸟开始展喉歌唱。最先歌唱的一般要么是乌鸫,要么是知更鸟,孰先孰后往往不分伯仲。今天早晨,让我欣喜的是,知更鸟拔得头筹。寂静被远处一阵舒缓悠扬、节奏分明的啼鸣轻轻打破。

万籁俱寂,乐声穿过清晨的空气,向我飘扬而至,歌声清亮,令人惊叹。几乎紧随其后,第二只知更鸟应声唱和，向第一只知更鸟挑明了它的领地边界。尽管繁殖期早已来临，雄性知更鸟还是会放声歌唱，保卫自己的一小片疆土，因为许多知更鸟夫妇都已经在考虑产第二窝蛋，抚育第二窝雏鸟了。

几分钟内，几只别的知更鸟和其他早起的鸟儿也一起加入合唱。这些鸟类包括乌鸫，其浑厚如"双簧管一般的嗓音"（一位维多利亚时期的鸟类学家曾如此描述）回荡在丛林的枝叶中；然后，欧歌鸫开始歌唱，声音重叠反复，韵律鲜明，仿佛在向我们诉说一个故事。

一个小时内，后来者也不甘示弱，开始放声鸣啼；黑顶林莺的歌声在我听来总像是速度加快的乌鸫歌声；欧柳莺柔美的音调从高至低，像潺潺小溪往低处急速流淌；苍头燕雀的歌声则紧迫、急促，就像作家西蒙·巴恩斯（Simon Barnes）曾描述的那样，听起来像是一个快投球手在板球赛中快速进入投掷步伐。

整个禽鸟合唱团都已进入全力演唱的状态，很难分辨出知更鸟特有的啼声。这可能是因为它的歌唱开始得较早，在一双大眼睛的帮助下，它可以比其他鸟类抢得几分钟先机觅食。现在，它已经停止了歌唱，开始寻找食物了。

森林知更鸟和为我们所熟知的花园知更鸟品种一模一样，只不过它们性格较为羞涩内敛，繁殖期的行为也会有一些明显的变化。

最大的区别可能在于它们并不定居在此处：尽管一些知更鸟会终年留在林地边缘，但是那些在我们古老的橡树林深处筑巢的知更鸟，一般会在秋季遗弃它们春夏两季的巢。这是因为到了隆冬，在这片幽深的密林里，地面上食物稀少，难以发现。

林鸟和园鸟的另一重要区别是它们的繁殖期。如人们所预料的一样，生活在花园里的知更鸟通常比它们生活在森林里的近亲提前一至两周筑巢，可能是因为我们提供了额外的食物。森林知更鸟无法指望我们提供帮助，但是它们可以利用自然界的一种资源：春季供应充足的飞蛾毛毛虫，特别是在橡树林里。

可能令人惊奇的是，这种季节性的食物丰裕，意味着在森林里知更鸟的繁殖密度要大于城郊花园里的知更鸟；不过，密度最大的地方，位于传统草原边沿的树篱之中。

小小的绿色毛虫构成了森林知更鸟的主要食物，它们在春季数量充裕，为多种栖居在林地的鸟儿提供了可靠的能量来源。在牛津近旁的威萨姆森林，对此处巢居鸟类的研究比世界上任何其他地方都要更加深入（这要归功于附近的爱德华·格雷研究所那些鸟类学家们）。在这里，鸟类学家戴维·斯诺（David Snow）有一项奇异的发现：知更鸟和乌鸫的雏鸟的皮肤有时泛着些许怪异的绿色——这是源自作为它们食物主要来源的毛毛虫身上的色素。

在花园里，栖居于此的知更鸟已经开始它们的第二次繁殖活动了。它们早已结成配偶，现在就不需要再进行复杂的求偶仪式了。只要天公作美，食物充足，它们便可以直接再次进入筑巢、产卵的程序了。

就像之前一样，雌鸟不辞辛劳，负责所有的筑巢工作。这一次，它选择一棵树龄稍长的树上一处不太隐秘的地方作为巢址，这会使得它更容易遭受捕食者袭击。它衔着零碎的筑巢材料飞来飞去的时候，雄鸟也在忙碌：雄鸟的工作是继续喂养第一窝雏鸟。它们会继续讨要食物，就像在原来在巢里一样；事实上，知更鸟幼鸟会不加区分地向遇到的任何一只成鸟乞食——这种行为一般会使非亲非故的鸟儿对其暴力相向。

如果一切顺利，等到雌性知更鸟孵化第二窝卵，雏鸟破壳而出，第一窝幼鸟便终于可以完全独立生活了，雄鸟也可以履行自己的义务，喂养第二窝后代了。父母双方忙忙碌碌，都难得片刻喘息。

到了五月第三周，第二窝蛋已经成功孵化了。几天内，当雌鸟认为可以安全地离开雏鸟几分钟的时候，它就会再次加入雄鸟永不停息的劳动之中，一起为五只快速生长的雏鸟寻找食物。

成年知更鸟能够找到的食物数量委实令人称奇，特别是当雏鸟开始临近羽翼丰满的时候。雄鸟和雌鸟相加，每天可以带回一千份吃食。假设到夏至，它们每日觅食十五或十六小时，经过简单的计算，就会发现每只成年知更鸟从早到晚都必须在每两分钟内找到、捕捉和带来一只毛虫、蛆虫或甲虫。要知道，它们自己还要摄食饱腹。

这种速度下，喂食流程几乎完全成了本能行为。父母一回到巢内，雏鸟就进入"乞食模式"：张开小嘴儿，同时大声发出一系列高音调的叫声。这一行为是进化的结果，可以刺激成鸟提供尽量多的食物。

但是，尽管它们不辞辛劳，某些方面还是出了差错。差不多整个第一周，雏鸟以近乎相同的速度生长，但是在进入第二周之后，很明显，最小的那只雏鸟体重没能再继续增长。

听起来似乎冷漠无情，可是如果这只雏鸟无法像它的兄弟姐妹们那样奋力乞食，它的父母便不会专门喂它食物——那样会浪费珍贵的时间，有可能降低其他身体健康的雏鸟的生存几率。所以，随着一天天过去，这只最小的雏鸟身体越来越虚弱，渐渐沉降到巢的底部，在它来到这个世界的第十一天不幸死去。还有比这更糟糕的情况：在阴湿、寒冷的春季，当天气恶劣导致食物短缺的时候，身体较强大的仓鸮雏鸟有时会同室操戈，杀死并吃掉较小的同胞。

即便是现在，春光明媚，时日尚好，剩下的知更鸟雏鸟也没有脱离危险。天气起着至关重要的作用，就像第一窝时情况一样。极端天气是主要威胁：连日阴雨会导致知更鸟父母很难找到充足的食物；如果雨水太大，雌鸟必须停止觅食，返回巢中，展开双翅，保护雏鸟，以防它们被雨水浸湿。

不过,讽刺的是,雨水太少带来的后果与雨水太多同样糟糕。在漫长的阳光明媚、天气晴朗的日子里,地面变得很硬,使得知更鸟父母较难找到昆虫和其他虫子。在干旱期,它们有时不得不选择其他食物。有人曾发现知更鸟站在浅水池旁边,捕捉水中的小鱼和其他水生动物。不过,它们主要还是依靠不同的昆虫为食物来源,并祈求炎热、干燥的天气尽快结束。

有时,我们人类也会给繁殖期的知更鸟带来威胁。2004年5月,在格洛斯特郡桑伯里的维维尔花园中心,一只成年知更鸟和两只幼鸟不幸殒命。不过,凶手并不是人们可能会猜到的猫或雀鹰,而是一位害虫防治官。

引发这桩令人诧异、毫无必要的事件的原因,是那句老掉牙的口号:"健康和安全。"据花园中心主任所言,这些在附近筑巢的鸟儿,在餐厅里飞来飞去,时不时停在桌椅上,带来"公共卫生风险"。此外,它们似乎还因为穿过房梁而触发了防盗报警系统。这些十恶不赦的犯罪行为足以说服英国环境部(英国环境、食品和乡村事务部）签发了杀死这些知更鸟的许可，尽管在一般情况下，这些知更鸟和其他野生禽鸟一样，受到1981年颁布的《野生动物与乡村法》（1981 Wildlife and Countryside Act）的保护。

这并不是第一次颁布此类许可：在过去的四年中，已经有不少于十九只知更鸟在官方许可的情况下遭到捕杀。

不过，在这一事件中，公务人员和花园中心大大低估了公众对知更鸟的喜爱之情，以及捕杀知更鸟可能导致的公愤。顾客积极呼吁抵制花园中心的生意，而动物福利与保护组织一致谴责捕杀知更鸟的行径。甚至第四频道的《今日》（*Today*）节目还专门报道了此事。

英国皇家鸟类保护协会指出，鉴于幼鸟已经离巢，它们最多只会再逗留几周，英国皇家防止虐待动物协会则指出，它们给顾客带来的健康风险"小到令人难以察觉"。对于花园中心而言，捕杀知更鸟无异于搬起石头砸自己的脚。

这并不是第一次知更鸟因闯入室内而招致灭顶之灾。十九世纪五十年代，养鸟人威廉·基德（William Kidd）

记载了参观伦敦南部刚刚向公众开放的水晶宫的经历，他惊喜地发现，一窝一窝温顺的知更鸟在巨大的玻璃建筑中安家落户：

> 它们安居此处，如此"气定神闲"——在餐桌上向来访者介绍自己和自己新组建的家庭，而且不惜使尽浑身解数，为看客带来无穷快乐。

但是，一年后，当基德一行再次造访的时候，他却疑惑地发现知更鸟已不见影踪，整栋建筑只剩"一片残忍的死寂"。他向人询问知更鸟的下落，才骇然得知它们已悉数被人毒杀。他大发雷霆，"发生了如此之事，谁能再否认人类的野蛮残忍？"

在这个更加文明的时代，我曾在康沃尔郡圣奥斯特尔的"伊甸园"，欣赏生活在圆形网格穹顶之中的知更鸟。它们想方设法进入这些巨型结构，在此处安家落户，怡然自得。这里既没有捕食者，也没有寒冷或阴湿的天气，咖啡店桌子上有大量的食物，周围长着令人叹为观止的植物。正因为如此，"伊甸园"里的知更鸟彼此之间的侵略性大大降低，几只同性别的鸟比邻生活也相安无事，彼此间毫无在这一封闭环境之外的知更鸟中会发现的近邻之间的惯常敌意。

让我们再次回到花园中。在破壳而出大约两周之后,第二窝知更鸟现已准备就绪,可以离巢了。它们振翅欲飞的时候,恰逢一年中食物丰裕的好时机:五月将尽,食物比比皆是,它们可以尽情饕餮。加之距离夏至仅有三周左右,充足的光照足以保障觅食时间。

想象一下,一只知更鸟雏鸟第一次进入我们这个广阔的世界会有什么样的感受。在一开始的几天内,它什么也看不见,主要感知到的是它与它的手足的讨食声,以及在巢中彼此之间的挤压。

当它开始睁开眼睛的时候,会看到头顶的天空:有时一片蔚蓝,有时一片灰暗,有时落下一大滴一大滴极其湿润的液体,随后母亲迅速到来,带来抚慰,伸展翅膀,为它们遮挡水滴。

两周左右,当幼鸟可以离巢的时候,它已经对周围的世界有了较好的认识——虽然这个认识还很有限。往外望去,它能看到茂密的枝叶,然后是更远处的绿色草坪与树木。爬到巢的边缘时,它会第一次往下观察,看到地面的情景。

在恐惧和本能的驱使下,它会向着未知迈出第一步,进入一个更加广阔、无比复杂的世界,这个世界的景象和声响一开始令它困惑茫然,但随着对巢外的新生活的逐渐适应,这一切最终也会变得越来越熟悉。

在知更鸟成功养育两窝幼鸟后,你可能会认为现在雄鸟和雌鸟终于可以稍事休息了。通常情况下,它们会休息一下。但是,有时如果条件允许,这对知更鸟会尝试抚育第三窝后代。

就像其他鸣禽一样,这部分取决于地理位置——这个地方是否有良好稳定的天气以及相应的充足的食物供应。欧洲南部的知更鸟经常会繁殖三窝幼鸟;而斯堪的纳维亚地区的知更鸟则只能养育一窝;英国的知更鸟则大多繁育一窝或两窝,只有在偶然情况下繁育三窝。

有些知更鸟已成功将八到九只幼鸟养育长大,不愿再承受这一辛劳。对于它们而言,休息的时间终于到了。它们可以恢复精力,只需寻找自己的食物便可以了。

Robins.

从此之后，整个暮春及初夏，我都会常常看到第一窝和第二窝的知更鸟幼鸟，它们开始探索陌生新奇——以及可能危机四伏——的周遭世界。它们的父母此前经常通过叫声向它们发起警报，有效、及时地提醒它们防范任何危险，而现在它们失去了这种保护，可能无法及时发现捕食者的逼近。

幼鸟羽毛上的保护色有助于隐蔽行踪。那些长着斑点和花纹的羽毛——各种深浅的黄色和棕色——恰好帮它们融入环境，特别是当它们在树篱或灌木丛的阴影中觅食的时候。但是，像所有的知更鸟一样，幼鸟有一种明显甚至突兀的动作，它们在我们花园中的家具间蹦上蹦下，头歪向一边，用与它们的父母一样充满疑惑的表情看着我。

当这只知更鸟回头凝视我的时候，我在思考它存活的几率。通过给尚未离巢的知更鸟雏鸟戴上环状标签并在日后回收统计的方式，计算发现，在八月前，四分之一的知更鸟幼鸟会死掉，到圣诞前，死去的幼鸟已达四分之三。这意味着，平均来说，我的花园中孵出的知更鸟只有不到四分之一可以活到下一个繁殖期。

这让我黯然神伤。当然,就像科学家们指出的那样,即使是仅有半数知更鸟幼鸟存活到繁殖期,几年内,我们就将如字面意义所示——被知更鸟包围。就像其他种类——从每两年仅产一个蛋的长寿的信天翁(如果一切顺利的话,只抚养一只幼鸟),到产下数窝、每窝十几颗蛋的最小的鸣禽——这种惹人生爱的小鸟也经过进化,可以产出数量恰到好处的蛋和雏鸟,从而在最大程度上确保至少有一只雏鸟可以活到明年的繁殖期。

当玫瑰凋谢,忍冬花盛开
是什么小鸟,声声尖叫,
出没树丛深处?胸脯黄褐,
黑点斑驳,看似鸫科幼鸟,
但却体型较小;它原是
刚离巢的红胸鸟,无依无助,
一簇绒毛竖立在头顶上。

—— 詹姆斯·格雷厄姆:《苏格兰之鸟》,1806年

六　月

六月是知更鸟的好月份。除了温布尔登网球赛那两周时间，天气通常较好，阳光明媚，气温相对暖和，雨水比之前及之后都要少。大多数成双成对的知更鸟至此已成功抚育了一窝——在很多情况下，是两窝——雏鸟。那些存活至羽翼丰满的幼鸟，如十九世纪诗人詹姆斯·格雷厄姆（James Grahame）颇有洞见的观察所示，正在保持低调，躲避危险。

此时昆虫数量充足，足够成年知更鸟和它们的后代捕食。没有了繁殖期繁重的劳动，再加上食物丰裕又分布广泛，让这对知更鸟的行为发生了令人着迷的变化。在这之前，它们一直意志坚决，致力于保卫家园，现在则变得更加包容它们的近邻了。

那么你也许会认为,雄性知更鸟会停止歌唱。毕竟,不停放声高歌对于一只鸟儿而言是件非常劳神费力的事。唱歌会消耗宝贵的能量,也会让鸟儿更易遭受捕食者攻击,因为就像其他鸣禽一样,知更鸟一般也是在大庭广众之下表演。

由此一来,如果不论从哪一点看,繁殖期都已结束,为什么雄性知更鸟还要继续唱歌呢?答案不在于赢得配偶芳心和驱赶竞争对手——这是鸟儿唱歌的一般原因——而是在于第三个原因:向后代传授歌唱经验。

和其他鸣禽一样,知更鸟雏鸟的大脑里天生便具备一种类似于原型模板的存在,包含了它们这一物种的歌声之所有基本要素:韵律、音高、声调,等等。除此以外,它们还需要通过聆听父亲的歌唱,磨炼技艺——这很像人类幼儿通过听父母谈吐学习说话。

不过,人工圈养实验发现,如果雄性知更鸟雏鸟(在知更鸟中,雌鸟亦然)在从雏鸟发育为成鸟的关键期未能接触父亲的歌唱,它最终的歌声将与真正的知更鸟歌声相去甚远。

这就是为什么在雏鸟离巢之后的六月初两周左右时

间里，我花园里的雄性知更鸟堂而皇之地坐在山楂树顶端倾情歌唱，仿佛它命悬于此——对于其家庭的未来，也委实如此。然后，它便结束了自二月甚至更早的时间以来几乎从不停息的歌唱，变得不声不响了。尽管几周之后，到了七月底，它的雄性后代会开始歌唱，但是直到九月，它才会再次一展歌喉。

知更鸟娓娓动听、令人神往的歌声显然是它如此深受民众喜爱的原因之一——还有它那色彩艳丽的羽毛和温顺可人的性格。不仅在英国如此，在很多地方亦然。因此，自然而然，很多世纪以来，也可能有几千年之久，知更鸟频频现身于神话传说与民间故事中。例如，在古老的北欧宗教中，知更鸟是雷神索尔（Thor）的神鸟，被认为来自风暴前的乌云之中。

知更鸟还出现在诸多关于天气的民谚中。据传，如果知更鸟站在高处的树枝上歌唱，将预示着天气晴朗；如果它站在低处的树枝上歌唱，那么将会有降雨。想必是因为大风起时，枝叶摇晃不定，鸟儿必须择低处而栖。维多利亚时期的民间天气谚语收集者理查德·英沃兹

(Richard Inwards)在 1837 年 2 月刊的《周六杂志》(*Saturday Magazine*)中披露了这则轶事:

> 在夏日傍晚,尽管天气一团糟糕,雨水沥沥,它(知更鸟)有时却会站在最高的枝头或房顶之上,欢欣甜美地歌唱。如若发现这种景象,那么这准确无误地昭示着未来的几日将晴空万里。
>
> 有时,尽管天气干燥温暖,它却看起来抑郁惆怅,在灌木丛中或篱墙低处鸣啼:这表明与它在高处欢歌时的预示相反的情形将会出现。

同样的原理恰巧也适用于燕子。但在燕子的情况中,这种说法有着更为可靠的气象学基础,因为降雨之前,它们所捕食的飞虫一般会靠近地面飞行。

不过,在另一处观察中,英沃兹写道:"知更鸟清晨悠长、洪亮的歌声意味着雨水将至。"此类自相矛盾的观察仅仅揭示出:大部分用观察自然的方式对天气进行的预言,在最好的情况下也是令人生疑的,而在最差的情况下,则是大错特错。

可能更有助于我们理解知更鸟和人类之间深厚的文化

关联的,是它们现身于大量的童谣和童话,其中广为流传的便有《谁杀死了知更鸟?》(*Who Killed Cock Robin*?)以及《森林里的宝贝》(*Babes in the Wood*)。

《谁杀死了知更鸟?》首次在十八世纪中期见诸出版物,收录在《拇指汤米好歌集》(*Tommy Thumb's Pretty Song Book*)一书中。它具有很多传统童谣的典型特征——用以大声背诵而不是阅读,从父母到子女代代相传——由一系列明晰、简短、押韵的诗句构成,每一节延续前一节的内容,保持相同的体例:

> 谁杀死了知更鸟?
> 是我,麻雀道,
> 用我的弓和箭,
> 我杀死了知更鸟。
>
> 谁看到了知更鸟死掉?
> 是我,苍蝇道,
> 用我的小眼睛,
> 我看到它死掉。

人们在格洛斯特郡蒂克斯伯里附近的巴克兰教区长住所一扇十五世纪的花窗玻璃上发现,上面清晰地描绘着一只被弓箭射杀的知更鸟,证明这首童谣出现的时间比刊行的时间要早得多。

与很多传统童谣类似,《谁杀死了知更鸟?》既可以按照字面意义来理解——关于一只小鸟的简单故事——也可以在象征层面解读。在关于其来源和意义的所有诸多解释之中,最引人入胜的是将它与威廉二世(King William Ⅱ)之死联系在一起的说法。这位国王是征服者威廉(William the Conqueror)的儿子和继承人。由于面部赤红,他被唤作"红脸威廉"。公元1100年,他在新福里斯特(New Forest)狩猎时,不幸中箭身亡。虽然在当时,这件事被认定为事故,但是很快流言四起,盛传这位(相当不受欢迎的)国王死于暗杀。

对于一首本应是写给儿童的诗歌,《谁杀死了知更鸟?》用语直截了当,绝不遮遮掩掩:

> 天空中的所有禽鸟
> 一只只叹息哭泣,
> 当它们听到丧钟响起,
> 为这只可怜的知更鸟。

童话故事《森林里的宝贝》也可以追溯到很多世纪之

前，在 1595 年最先被出版商托马斯·米林顿（Thomas Millington）以民谣的方式出版，并因此名声大噪。它当时的标题措辞可谓繁冗复杂：《诺福克绅士的遗嘱和证词，以及他如何将孩子托付于同胞兄弟，而后者以邪恶的方式对待孩子，并因此招致上帝的惩罚》（The Norfolk gent his will and Testament and howe he Commytted the keepinge of his Children to his own brother whoe delte most wickedly with them and howe God plagued him for it）——所幸这个题目一般被缩略为《诺福克悲剧》（The Norfolk Tragedy）。

故事梗概一目了然。两个小孩被抛弃在森林里，最后不幸死去。然后，知更鸟飞来，用树叶掩埋了他们的遗体，给予两个一场相当于基督徒的葬礼。作为一个催人泪下、专门针对孩子的伦理故事，它在 1932 年被华特·迪士尼（Walt Disney）改编为动画电影，不过换了一个皆大欢喜的结局——在迪斯尼的版本中，孩子并未惨死。

不过，一旦进一步挖掘背后的故事，这个童话便变得愈加阴暗了。据当地传说，在位于诺里奇和塞特福德之间的诺福克郡威兰德森林，确实发生了民谣中讲述的事件。据说,孩子的叔父为了抢夺他们的遗产,意欲将他们置于死地,所以花钱买凶,将孩子带到森林中,试图谋害。不过,孩子并未被直接杀死,而是被遗弃在森林中,任其自生自灭,他们最终饿死。直到今天,传说他们的鬼魂在天黑之后还会在林中出没。

这个故事流传十分广泛,以至于在 1765 年,诗人托马斯·珀西(Thomas Percy)创作了这首催人泪下的诗歌:

> 无辜的可怜人颠簸流浪,
>
> 直至死亡结束断肠;
>
> 两人彼此相拥而亡,
>
> 无人抚慰他们的忧伤;
>
> 这一双漂亮的人儿
>
> 无人前来筑坟埋葬,
>
> 直至虔诚的知更鸟
>
> 衔来树叶覆在他们身上。

知更鸟以树叶覆盖尸身的传说,可能是因为,作为在地面觅食的鸟类,它们经常被看到在墓园里的坟茔上跳来跳去,翻开树叶,寻找食物。只需稍加想象,人们便可将这些举动视为一只善良的小鸟在覆盖尸身。事实上，印刷术发明之后出版的著名图书之一，托马斯·勒普顿（Thomas Lupton）1579年的著作《千物杂俎》(*Thousand Notable Things of Sundrie Sort*)也记载过："凡见男女死尸，知更鸟皆以苔藓覆其面。"

十七世纪诗人、教士罗伯特·赫里克（Robert Herrick）——此君写下了英语诗歌中最著名的开篇之一，"快摘下玫瑰花蕾……"——也就相同题材写了一首题为《致知更鸟》（To Robin Redbreast）的诗，全诗如下：

> 停尸在这里，让你以最后的善举
> 衔来枯叶与青苔将我遮盖；
> 林中仙女把我的冰冷之躯掩埋，
> 请你为我唱支挽歌，甜美的歌者！
> 绿色掩映之中，写下我的墓志铭：
> 此处是罗伯特·赫里克的坟茔。

知更鸟与死亡以及墓地之间的联系至今仍然紧密。2017年岁初，一位名为玛丽·鲁滨逊（Marie Robinson）的哀伤母亲在汉普郡拍摄小儿子杰克（Jack）的坟墓时，发现一只知更鸟在附近徘徊。回想起杰克在世的时候和孪生哥哥一向喜爱知更鸟,她伸出手去——让她惊奇的是,这只小鸟跳上了她的手掌,整个过程都被摄像机捕捉了下来。

后来,她将自己的经历分享在社交网站 Facebook 上,之后这段视频广为流传,被全世界的人们观看。正如鲁滨逊大人所言,似乎知更鸟的存在能给很多人带来心理慰藉。

对此,当然可以轻易付诸惯常的解释,指出知更鸟很可能是跳上她的手来寻找食物。但是我们不能——也不该——轻视这一次相遇带来的强烈情感冲击和超凡精神体验,以及它对于这位母亲和其他经受类似创伤者的重要意义。

尽管这只特殊的知更鸟——还有《森林里的宝贝》与赫里克诗中的知更鸟——恰好心地善良,善解人意,反映了我们对于知更鸟充满仁爱的态度,但是关于知更鸟的传说中也有更阴暗的一面。像对待许多其他小型鸟类,我们在花园里甚至在房门阶梯上欢迎它们的到来,然而,一旦它们飞越我们的门槛,进入室内,就变成了一件完全不同、异常严重的事情了,这意味着家中某个人会因此死去。

这样的相反意义的象征——知更鸟同时表征着好事与厄运——不仅反映了我们与知更鸟,还反映了我们与整个自然界的关系中非常深邃的一面。其他造物各得其位,只要它们处于它们的边界之内,我们处于我们的边界之内,则万事大吉。但是,一旦它们僭越了现实存在或形而上意义上的门槛,闯入我们的疆域,那么我们将会心怀恐惧,并报之以敌意。即使是我们对知更鸟的极端热爱与深情厚谊,也无法让我们克服这一点。

不但有种种鸟类保护法将捕杀知更鸟规定为违法行为,长期以来,捕杀知更鸟也被认为是不祥的举动,对此众所周知:

> 被捉的知更鸟胸前的血污
> 让捕鸟的猎手也一命呜呼

这种迷信的对象不仅包括了成年知更鸟,还包括了它们的蛋,正如这首传统童谣所示:

> 知更鸟和红胸鸟
> 知更鸟和鹪鹩

你们要是偷它们的巢

你们的日子永不好

知更鸟和红胸鸟

紫崖燕和家燕

你们要是摸它们的蛋

将来定会霉运连连

在其出版于维多利亚后期、广受欢迎的著作《禽鸟辨误》(*Bird Facts and Fallacies*)一书中,来自英格兰西南部的作家刘易斯·R. W. 劳埃德(Lewis R. W. Loyd)记载了许多因当事者无知鲁莽地杀死知更鸟而招致的灾祸。这些祸事林林总总,如:约克郡一个农场帮手因射杀一只知更鸟,致使奶牛产出带血的牛奶。另一个约克郡农民在杀死一只知更鸟后,发现家里刚产下的七只猪崽悉数死亡。甚至宰杀这头母猪而制成的火腿也腐坏变质了。至此,境遇每况愈下:这个农民本人也发烧致死。

知更鸟红色的胸脯也成为若干天方夜谭般传说的起源。在威尔士地区,孩子们曾被教导,知更鸟从滚烫的水流中取水灭火,因此胸脯被烫成了红色——威尔士语中,它的名字唤作"Bron‐rhuddyn",意为"烧伤的胸脯"。孩子们被要求疼惜这种可怜的鸟儿,当它来到门前,要向它投喂面包屑。不过,在另一个较为黑暗的故事里,如果知更鸟三次敲打一家住户的窗户,这家的病人将会命不久矣。

刘易斯·劳埃德的最后定论是:"关于知更鸟最糟糕的说法是它们尚武好斗。"他写道,它们血战到死的名声造成了这样一种说法,认为雏鸟一旦身强力壮,就会忤逆作乱,弑杀双亲。

事实上,到了这一阶段,不仅幼鸟对父母极其友好,我们在年初时看到的知更鸟邻里间的激烈竞争关系也会逐渐缓和。

有时,到了五月末,雄鸟之间便已经变得不再剑拔弩张,到了六月,人们曾看到两对知更鸟夫妇在同一花园内活动,各自为刚刚长成的幼鸟寻觅昆虫,彼此之间并无明显敌意。然而,不管是雌鸟还是雄鸟,有时候在整个六月甚至七月,还是会继续保持强烈的领地意识,即使繁殖期已经结束很久。当然,它们有时这样做是出于充分的理由:在天气状况较好、食物充裕的极佳年份,英国的一些知更鸟会试图抚养第三窝幼鸟。

与此同时，一双犀利如刀、寒光闪闪的黄眼睛正在注视着一只在草坪里和灌木下蹦来跳去的知更鸟——一只第二窝刚刚长成的幼鸟。黄眼睛是一只雄性雀鹰：顶级捕食者，其全部进化历程已经将它变成一个完美的捕猎与杀戮机器。

从表面看来，这似乎是一场极不公平的生死之争。雀鹰翅部肌肉发达，驱动着短小、弧状的翅膀，还长着长长的尾巴——极其适合在枝叶繁茂的丛林和灌木中飞行，可让它瞬间腾转挪移。那只知更鸟却稚嫩弱小，又缺少经验，面对这个身形巨大、孔武有力的袭击者，几乎束手无策。

在所有的英国禽鸟中，雀鹰的雄雌两性之间体型差异最大——雌鸟要比雄鸟长百分之二十五，重百分之七十五。这种现象背后有着非常合理的原因。身材高大笨重的雌鸟孵卵育雏，保卫巢穴，为蛋和雏鸟提供温暖，而它那体型较小、动作更为敏捷的配偶则外出捕猎，为它和它们的幼鸟提供食物。雄鸟较小的体型和更大的灵活性让它可以专注于猎杀小型的鸣禽——这其中当然包括知更鸟。

Ad. f. Ad. m.
BRITISH ROBIN   Juv.   CONTINENTAL ROBIN
(1/3)

雀鹰还有另外一个绝招。就像知更鸟等小型鸟类为保证雏鸟孵出时食物充足，而将繁殖期选在特定时间——对于知更鸟而言，食物是毛虫和蠕虫——雀鹰也将雏鸟破壳而出的时间定在食物丰裕之时，对于它们而言，食物则是刚刚羽翼丰满的幼鸟。

五月中旬，这只雄性雀鹰的配偶已经进入了产卵期，产下总计五颗蛋，隔两日产一颗，以便在一个月后，雏鸟能在一周内陆续孵出。它们一旦全部出世，雄鸟就要不辞辛劳地工作：它必须每几个小时便送来一次食物，如此持续至少四周——这意味着每天十只小鸟之多，或总共约三百只。

你可能会认为，就像某些人提出的那样，雀鹰是导致我们某些最常见的鸣禽数量减少的罪魁祸首。但是，让我们来计算一下：雀鹰分布极其稀少——每对雀鹰之间的筑巢间隔极少小于一公里，所以每平方英里最多有五对或六对雀鹰。

在雀鹰的每一块领地内，实际有数千对小型鸟类（山雀、燕雀、麻雀和知更鸟）——正常情况下，每一对在繁殖期都可能抚育十五或二十只雏鸟，即总计数万只雏鸟。由此一来，单只雏鸟落入雀鹰之口的几率非常小；总体而言，被雀鹰捕杀的雏鸟总数仅占死于其他原因的雏鸟总数的极小一部分。

最后，如果停下来想一想就会发现，显而易见，任何将猎物捕杀殆尽的捕食者自己也会很快灭亡。雀鹰的生存端赖其领地鸣禽保持较为稳定的数量。事实上，雀鹰的存在，特别是如果它们出现在我们的镇子、郊区和花园里，恰恰标志着这个地方的很多种园鸟——包括知更鸟——此时生存状况良好。

当然，知道这些，并不能让你在目睹一只雀鹰从你的喂鸟器里捕捉一只毫无戒备的幼鸟时，内心变得波澜不惊。就如《H代表鹰》(*H is for Hawk*)的作者海伦·麦克唐纳（Helen Macdonald）所指出的那样，一只雀鹰在你家草坪上捕杀鸟儿，就像有人进到你家里，在地毯上洒满鲜血一样。我们对"我们的"园鸟具有极强的占有欲，因此不难理解，当捕食者捕杀其中的一只时，我们通常会内心不安，将雀鹰当作这场哑剧中的恶人。

但是，我们试着从雀鹰的角度看待此事。如果它不能捕获用以喂养配偶和雏鸟的小鸟，它们便会饿死。作为父亲，它与雄性知更鸟一样勤奋辛苦；即便幼鸟长大离巢，它们仍然会回来讨食；只有在几周之后，等到飞羽完全长成，它们才会最终独立猎食。

尽管看起来软弱可欺，实际上知更鸟和其他园鸟也有若干制敌妙招。在知更鸟幼鸟专心进食，对虎视眈眈的雄性雀鹰全然不知时，它那保持戒备和警惕的父母看到了花园边上藏身树篱中的雀鹰。出于本能，知更鸟发出尖利的"啼咳—啼咳—啼咳"的叫声，然后是轻柔的"瑟瑟"声，警醒附近所有的鸟儿提防雀鹰，同时自己也保持隐蔽。

在纯粹本能的驱动下，知更鸟幼鸟迅速起身飞入附近的灌木中，躲避起来。雀鹰知道已经错失良机：它也振翅起飞，在附近燕子的追逐下径直飞离，随着它的离去，这些燕子悦耳的叽喳声变得紧张急促起来。小知更鸟学到了重要的一课：如果它不更加警觉，时刻留意潜在的危险，它可能会付出终极的代价。

别动,傻乎乎扇着翅膀的小东西,
要到哪里,噢,到哪里,你展开羽翼
向空中飞起?就待在这里唱歌吧,
把姑娘哄得满心欢喜。

不,不,甜甜的知更鸟,你不要离去;
在哪里,任性顽皮的鸟儿,你才能有
与我一起时一半的痛快欢愉?

—— 佚名:《甜甜的知更鸟》,1828 年

七　月

经历了几周典型的英国夏季天气之后——曾被愤世者讥为"三日晴天,其余皆是暴风雨"——一切终于尘埃落定。天空放晴,一片蔚蓝,阳光照耀,而花园里却基本上静寂无声。虽然浓密的树篱中,乌鸫仍在喂食雏鸟,隔壁的仓房里,燕子在为第二窝幼鸟衔来昆虫,但是对于绝大多数园鸟——包括知更鸟——又一年的繁殖期已经结束。

因此,几乎是从新年伊始至今,第一次,在每天早上踏出门外的时候,我没有听到知更鸟悦耳动听的歌声,也没再看到机灵多动的小鸟在灌木丛下寻找食物,或者跳到我们花园的椅子上去,拍打翅膀和尾巴,炫耀它红色的胸脯。我只能偶尔遇到丰满可爱、长着斑点的小知更鸟,看到它们栖在枝头,练习歌技。

如果我认定生活在我家花园里的知更鸟都已经拔营起寨,飞离此处了,人们也能理解。据我所想,它们可能已迁徙远方,或者直接越过栅栏,飞到邻家园子里去了。然而,这时的知更鸟数量可能比一年的其他时候都要多。假定成鸟安然无虞,两窝幼鸟,每窝存活下来两三只,那么理论上说,这时知更鸟的数量应是一月时的三至四倍。若是如此,它们都去哪里了?

不只是知更鸟消失得无影无踪了。几周前还挤满了蓝山雀、大山雀、金翅雀、苍头燕雀、家麻雀和椋鸟的喂鸟器,现在装满了食物,却不见了鸟儿。只有灰斑鸠单调的"咕—咕—咕"声,还有纤细灵巧的白鹡鸰在我们房顶上时不时大声发出的"喊嘶—咔"声,打破了夏日不闻鸟鸣的枯燥乏味。

知更鸟和其他园鸟之所以消失不见,有两个原因,而且这两个原因相互关联:食物和换羽。大多数鸣禽一年会经历一次换羽毛的过程,而选择在仲夏之时完成这一过程,有四个至关重要的原因。

首先，刚刚经历养家育雏的辛劳，它们现在处于一种"衣衫褴褛"的状态——如果现在不蜕掉旧羽，那么当冬季到来的时候，它们便难以存活。其次，夏季食物丰裕，可供觅食的白昼较长——这也是选择此时换羽的原因之一。另外，换羽的过程中，鸟儿处于一种相对脆弱、易受攻击的状态，但是在七月和八月，林子、树篱和花园里草木最为繁茂，给它们提供了很多藏身之处。最后，结束了繁殖期，它们也不需再为照顾和喂养幼鸟殚精竭虑，后者已经完全独立——这是此时换羽的另一原因。

英国鸟类信托基金会的尼克·莫兰（Nick Moran）在位于诺福克的研究区域发现，此时能发现的知更鸟的数量，大概跌到能在二月到四月看到的数量的一半。很快，待完成了换羽之后，这个数量又会升高——原因是秋季从更远的北方和东方飞来了迁徙知更鸟，而且今年还新增了年轻的知更鸟。不过，就像尼克指出的那样，想在眼下这个时节看到知更鸟，你需要付出更多的努力，因为此时它们停止了歌唱，藏起来躲避危险，人们很容易就会错过它们的身影。

就像其他小型鸟类一样,成年知更鸟用长达几周的时间更换羽毛,以确保在这个过程中,它绝不会失去飞翔的能力——这对于觅食和逃离危险非常重要。(顺便一提,野鸭在同一时段更换所有的飞羽,所以会有一周左右的时间无法飞翔。)

鸟羽生长的方式就像我们的头发,从皮肤毛囊长出。这也意味着,新羽一旦长出,旧羽旋即脱落。总体来说,整个过程至少持续一个月的时间,有时长达两个月。在此期间,知更鸟会尽力隐蔽起来,只是偶尔外出觅食——这就是为什么每年这个时候,它们看来似乎销声匿迹了。

当它们偶尔现身的时候,形态也许会让你大吃一惊:因为处于换羽期,成年知更鸟可能变得几乎浑身都是光秃秃的,长长的尾羽也脱落殆尽,让它们看起来极为苍老、衰弱不堪,貌似严重营养不良。在蜕掉胸部羽毛的时候,它们自然不再能战斗,所以每年的这个时候,有竞争关系的知更鸟之间的侵略性最弱。

不过,它们此时虽然脆弱无助——尤其是如果天气变得又冷又湿,就像英国夏天经常发生的那样——一旦它们长出焕然一新的羽毛,就会像走猫步的模特一样,四处炫耀自己的新装。

与此同时,幼鸟——今年的幼鸟——怎么样了呢?它们自五月离巢以来,为了保持能量供给,一直都在贪婪地进食,还要四下观望,留心家猫或雀鹰等致命威胁。

它们也似乎消失了,这是因为它们也在换羽。不过,不像它们的父母,要更换所有的羽毛,小知更鸟经历的是一个被称为"部分换羽"的过程,蜕掉它们胸部和背部长着斑点的棕色羽毛,换成经典的橘红色胸羽和棕色背羽。但是,它们会全年继续保留翅膀和尾羽,直到来年夏天才会蜕换这些部位的羽毛。

所以,如果你在一年的这个时候看到一只知更鸟幼鸟,当它们还在换羽的时候,你会发现它们看起来相当特别,身上呈现些许橘色而非棕色。不过,到了十月,一只年轻的知更鸟看起来已经和它的父母并无二致。

尽管很多——有可能是多数——知更鸟幼鸟会继续生活在出生地或出生地附近,也有一些会远走高飞。离巢三周左右后,它们可以完全独立生存,不再依靠父母,有一些会分散到几公里之外。最终,很多幼鸟会飞更远,去到超过一百公里(六十二点五英里)之外,不过,没有蜕掉旧羽而换上成年知更鸟羽毛之前,它们一般不会如此。

不管是成鸟还是幼鸟,七月都是一个保持低调、藏身匿迹的时段。生活在我们花园里的知更鸟还会面对另一种危险,尤其是在它们无法飞翔或从容脱险的时候,这种危险便是:猫。

家猫是园鸟以及其他野生动物的死敌。哺乳动物学会最近的一项调查表明,家猫每年导致二亿七千五百万只野生动物死亡,其中大约五千五百万为鸟类。马克斯·尼科尔森生前曾估算称,可能有一亿二千万对处于繁殖期的禽鸟栖息在英国;如果一对鸟平均抚育两只雏鸟,意味着繁殖期过后,野生鸟类的最大数目约为五亿只。这意味着每年有超过十分之一的鸟死于猫口。

另一项源自哺乳动物学会的二十年前的调查研究了近一千只家猫叼回的猎物——总计超过一万四千只。其中,超过二千八百只(约五分之一)是鸟类,这里面,知更鸟的数量(总计一百四十二只)排在第五位(位居

家麻雀、蓝山雀、乌鸫与椋鸟之后）。作家兼博物学家玛丽安娜·泰勒（Marianne Taylor）作过一个估算，如果这些数字放大到整个英国，那么猫就是每年导致近一百五十万只知更鸟死亡的罪魁祸首。

不过，整体来看，公平地说，这些鸟中的很大一部分——特别是幼鸟和生命周期短暂的小型鸟类——本来也活不到次年春天以繁殖后代。尽管如此，这一死亡数目仍然触目惊心，致使英国皇家鸟类保护协会等一些动物保护组织（它们的很多成员既是养猫人又是爱鸟人）建议人们将猫关在室内，特别是在它们清晨与傍晚的捕猎高峰期，并在它们的颈项拴上一个铃铛，提醒鸟儿它们的到来。

一些人走得更远：在其著作《猫的战争：可爱杀手的致命后果》（*Cat Wars：the Devastating Consequences of a Cuddly Killer*）中，著名美国科学家彼得·马拉（Peter Marra）呼吁系统性地捕杀野猫，控制数量——这其中近九百万浪迹在英国，更多生活在北美。虽然这一举措也许不会受欢迎，但是肯定会改善我们园鸟的生存环境。

对于一只栖居在花园里的知更鸟,最危险的时刻之一,是它洗澡的时候。观看知更鸟在水塘中澡浴是一桩快事:首先,它试探性地跳入水中,明珠一样的眼睛随时留意着潜伏附近的捕食者。然后,它浸入水中,一阵腾挪扭动,洗遍全身,让水覆满所有的羽毛,并且舒展身体,抖动双翅,确保每一根翎羽都被水浸湿。

洗澡之所以重要,有两个原因:既能洗掉羽毛上沾染的油脂和灰尘,也能抑制蜱虫等寄生虫的滋生。但是,它并不需为此浸在水中——就像其他小型鸟类,知更鸟也会经常洗日光浴,在你的花园中某个隐蔽的角落,伸展翅膀,让阳光温暖自己的身体。不过,就像用水沐浴一样,它们也要小心谨慎,因为打个瞌睡就可能招来致命危险。

知更鸟与鹪鹩
是上帝的家禽；
而紫崖燕与家燕
是上帝的圣鸟。

—— 十九世纪民谣

八　月

对于鸟儿来说，八月是一个好月份，但是对于观鸟者而言，有时情况便非如此。自然界食物充足意味着鸟儿可以随心所欲地摄食。此外，繁殖期已过，它们远没有初夏时活跃好动。

不过，日子也在一刻不停地向着秋季靠近，所以，所有的鸟儿也开始为即将到来的季节——以及之后几个月的冬天——做准备。那段华丽的维多利亚时期民谣中的家燕和紫崖燕，很快就会飞离我们的海岸，向着南方，开始飞往非洲的漫长征程；而知更鸟与鹪鹩等留鸟则在为留下来过冬忙东忙西了。后两者通常会在领地或附近安营扎寨，那里也是今年春天或去年春天它们破壳而出的地方。

随着八月一天天逝去,无论走到哪里,我都会越来越多地注意到知更鸟的身影。我曾发现有一只在游乐场边缘蹦来蹦去;在我等火车的时候,又曾在站台上看到一只;在我关注的这片区域里,我还发现它们沿着苇塘边静悄悄地进食;在我的花园里,它们栖息在栅栏上或树篱下。

它们看起来精神抖擞,也理应如此,因为这个时候它们的羽毛完美无瑕,刚刚蜕掉老旧的羽毛,换了一身新羽。尾巴和翅膀光亮整洁,头上的羽毛不再从脑袋顶上凌乱地挺立,胸部则是饱满而华美的橘红色——在明媚的夏日阳光中,尤显光彩耀人。

从八月初,直到九月,成年知更鸟——不论是雄鸟还是雌鸟——都会开始划定秋季领地,它们将在之后的几个月里坚守这片领地,直到明年春天繁殖期开始。戴维·拉克曾写道:

> 从九月到来年五月,英格兰的林地、公园、花园以及树篱都被划分为一片片小小的属地,每片属于一只或一对知更鸟。九月之后,任何一只想要重划版图、割据而治的知更鸟,如果得偿所愿,要么是因为属地原来的领主消失了,要么是因为它通过

武力将原主人赶走了。

对于这些鸟儿,成败在此一举。由于新增了存活下来的知更鸟幼鸟,正常的知更鸟数量大幅增加,这些幼鸟又需要寻求自己的领地,因此,不出所料,每年的这个时间,竞争者之间常常爆发争斗。

儿童作家弗朗西丝·霍奇森·伯内特的畅销书《秘园花园》(*The Secret Garden*)便基于她与一只知更鸟的亲密关系,对于她而言,这种美丽的鸟儿居然也会如此暴力,这令她大为惊骇。《我的知更鸟》(*My Robin*)出版于两年之后的1912年,开篇便记录了她与这只栖居在她位于肯特的花园里的特殊鸟儿之间的情感关系,使用的是拟人的描写方式,且作者并不因此感到难为情:

> 他是一只英国知更鸟,还是一个小人儿——不仅仅是一只鸟儿……他的体型圆润丰满,双腿娇小纤细。他是一位举止优雅的上流人士,行为做派魅力十足。他的眼睛硕大漆黑,清澈如露;他那挺直宽厚的胸脯穿着小小的紧身红绸马甲。他的每一次侧头,每一次振翅,都意义非凡。他傲气十足,令人着迷。同时,他又充满了好奇之心,执意不计任

何代价也要与人交往。他因别人对自己不闻不问却去关注难以与他媲美的事物而妒火中烧,这让他费尽心力去讨人欢心、让人分神,他为此作出的行为叫人难以抗拒。与知更鸟——一只英格兰知更鸟——过从甚密,无异于接受一次人文教育。

不过,当一只雄性竞争者现身在"她的"知更鸟的领地时,这位作者的爱意瞬间变成强烈的恐惧:

> 他冲他径直飞去,拍打他,重击他,啄咬他,厉声责骂他,将他从枝头驱赶下去——从一棵树上追到另一棵树上,那只小小的冒犯者则一路仓皇逃窜……或许他杀死了他,弃尸在蕨丛中……他的大义凛然的愤怒令观者骇然。我吓得面色苍白。

就像伯内特所目睹的那样,知更鸟之间争斗的暴力程度可能令人吃惊——有时令人惊骇。一旦知更鸟看到侵入者,就会撑开艳丽的胸部羽毛,看起来体型更大、气势更强,向对手明确宣示它不能容忍后者染指自己的地盘。占领高地也很重要:一只保卫领地的知更鸟会尽力飞到其对手的上方。

有时——事实上,在大多数场合——这就足以建立高低次序，让入侵者不失体面地撤离。不过，并非总是如此。入侵者也许会放声歌唱，也可能飞到更高处，从而选择升级战争，向对手表示它来者不善。此时，"军事竞赛"已然升级：防御方也开始歌唱。不知是因为骑虎难下还是不甘示弱，入侵者的歌声越来越大；防御方也随即提高音量。

就像自然界所有的冲突一样，现在任何一方都不想低头认输，近身搏斗在所难免。有时，这仅仅是一场短暂的冲突，领地主人轻松将竞争者赶走。不过，如果双方势均力敌，那么马上就会出现一场恶斗。两只鸟儿针锋相对，先是用爪子，后来用尖利的鸟喙互啄。如果其中一只能够给另一只当头一击，那么战斗可能会比预期提前结束，以造成重伤甚至死亡收场。

鸟类学家布鲁斯·坎贝尔（Bruce Campbell）对鸟类行为的认知与战后大多数人的认知相差无几，认为一只知更鸟杀死另一只知更鸟的情况很少，只会在特殊的情况下发生——比如，如果两只鸟儿被关在四面都是围墙的院子里，无法撤退或逃跑。但是，就如英国鸟类信托基金会前发言人克里斯·米德（Chris Mead）所言，一只知更鸟死于同类之手的现象远比我们想象的普遍：据说，多达十分之一的知更鸟死于竞争者之间的争斗。然而，与此相违的是，尽管在原野中花了很多时间，爱尔兰伟大的知更鸟专家 J. P. 伯基特（J. P. Burkitt）还是从来未曾亲眼目睹决一死战的情形，说明此类冲突可能比我们想象的要少。

关于这种凶残的行为最好的描述之一，源自一位记者写给 1884 年《田野》（*The Field*）杂志的报道：

> 上周日，我亲眼看到两只知更鸟在我餐厅橱窗殊死搏斗，惨烈程度让我瞠目结舌。我看着它们相互攻击，直至其中一只将对方置于死地，然后它就像一只斗鸡，仍然不依不饶，继续猛啄它的受害者。我于是出去检查了那只可怜的鸟儿，发现它的双眼已经脱离眼眶，头骨暴露。

然而，让他吃惊的是，那只取胜的小鸟随后"飞到近旁的一根树枝上，开始唱一首最为甜美的歌"。不过，尽管战斗结束了，在唱完一支胜利之曲后，这个攻击者又返回到它的竞争者尸体那儿去，再次开始残忍地啄击尸身，在那只死去的鸟儿的一侧啄出一个洞来。

我们很容易以伦理化的视角看待这件事——尤其是因为知更鸟居然可以将同类攻击致残或者杀害,这与我们心目中这种迷人可爱的小鸟温顺善良的形象如此相悖。不过,我们一定要尽量避免落入这种思维之中,因为从生物学角度看,知更鸟看似暴力的行为,实则完全合情合理:这些鸟儿已经进化出保卫自己领地的天性,不论是在繁殖期,还是在整个秋冬两季。

这让它们始终处于一种警戒状态,也意味着当一个陌生的同类出现在自己的领地上时,它们很少能放下防备。这种行为与山雀和雀鸟等其他园鸟大不相同,后者会在秋季成群结队,以便在觅食活动中增加找到食物的概率。

但是,在知更鸟春夏季节的领地与秋冬季节的领地之间有着两个显著的差异。第一,在繁殖期,知更鸟成双成对,共同保卫共有的领地,而从此时起,每只雄鸟和雌鸟都要各自为政——秋冬季节的领地属于一只鸟儿,并由其自行防卫。

第二,领地的面积大不相同。在秋冬两季,知更鸟的领地一般相对较小:一个典型的繁殖期领地大小在一千六百至八千五百平方米之间,而在非繁殖期领地大小在七百至五千平方米之间。这是因为秋冬两季的领地只需为一只知更鸟提供足够的食物，而春夏两季的领地则要为成年知更鸟以及一窝或两窝幼鸟提供足够的食物。

* * *

知更鸟打击竞争者、将其驱赶出境的秉性如此之强，有时，它们会犯下攻击自己镜像的错误。戴维·拉克曾回忆，一天早晨，他发现一只知更鸟在对他唱歌——不是在卧室外，而是站在一扇打开的窗户的上面。

接下来发生的一幕甚至让他也不禁称奇：这只刚刚开始在附近的领土进行保卫战的知更鸟，飞了下来，开始攻击自己在窗户上的影子。它每一次起飞、攻击，"竞争者"当然也同时做出同样的动作，让它大为光火。不过，一旦它飞到窗户上方，窗户里的映像就立即消失了，让它觉得自己赢得了战争，于是它开始引吭高歌。

知更鸟并不是唯一一种会攻击自己镜像的鸟儿：经常现身停车场、在停车场地面上捕食小昆虫的白鹡鸰往往误将汽车后视镜上的映像当作竞争对手，同样也会向其发起攻击。不过，因为知更鸟好斗成性，相对于其他鸟类而言，人们更多地在知更鸟身上发现这一现象，这并不奇怪。

如上文所述，自然界中，知更鸟好斗成性的原因之一，就是它们要终年保卫自己的领地。晚夏之后，它们还会改变饮食习惯——春夏季节以昆虫和其他小型无脊椎动物为主；在秋冬季节，水果和浆果则占了很大比例。

在我位于萨默塞特郡的花园里，从八月下旬开始，各类果树硕果累累。除了品类丰富的苹果——用作直接食用的、烹饪的以及酿酒的，不一而足——还有红彤彤的山楂、渐渐成熟的黑莓以及一簇簇亮闪闪的忍冬果。不过，到现在为止，产出最丰裕的，当属沿着园径树篱栽种的接骨木，上面挂满了一串串沉甸甸的深紫色浆果。

在月底一个天气晴朗的早晨，当草坪上晶莹的露珠预示着秋季即将来临的时候，鸟儿开始集结在接骨木上享用这顿能量丰富的大餐。自从我们在十多年前移居到萨默塞特郡，我已经记录了二十多种不同种类的鸟儿享用我们花园里的浆果，这其中包括一些很难想象的鸟儿，比如：大斑啄木鸟、芦苇莺，还有一只出逃在外的蓝冠鹦哥，它在当地寒鸦的激烈围攻下，不得不迅速逃之夭夭。

每年这个时候，一身橄榄绿的小小的叽咋柳莺在枝叶中悄无声息地动来动去，偶尔会有一只小白喉林莺幼鸟追随左右，后者是在为长途迁徙储存体能，它将沿着绕过中东抵达撒哈拉以南非洲地区的环形路线迁徙。不过，你可能会料到，最常造访我们浆果树的，自然是本地的知更鸟。

在其观察入微的著作《禽鸟与浆果》（*Birds and Berries*）一书中，鸟类学家芭芭拉·斯诺（Barbara Snow）和戴维·斯诺夫妇注意到知更鸟在选择水果类食物的时候，从不挑三拣四，从二十九种不同的英国本地树种以及十五种外来树种采撷浆果。在包括白金汉郡、赫特福德郡与伦敦周围诸郡部分地区在内的研究区域里，他们记录了知更鸟除六月以外每个月都有食用浆果的现象，这仅仅是因为六月没有浆果产出。

就像你可能预料的那样，这些数字在秋季和初冬达到顶峰，鸟类在七月末和八月开始将以昆虫为主的食谱改为以果实为主，持续到来年二月，在此之后，昆虫又开始增多，成为更容易获得的食物来源。最受欢迎的树种包括：卫矛，从十一月到来年二月的重要月份里，都可以提供它们橘色的浆果；常春藤，结果很晚，直到春季都可以提供果实；接骨木，果实在九月最为丰裕，不过从八月之后供给持续不断。

斯诺夫妇发现，其他鸟儿的食物构成在年末才会从昆虫转换为植物果实，与之不同的是，知更鸟在八月和九月比在十二月和来年一月吃的浆果还要多——而且更为频繁。博物学家吉尔伯特·怀特（Gilbert White）并不是知更鸟的忠实粉丝，我们在本书中下个月的章节会发现这一点。他在《博物学家日志》（*The Naturalist's Journal*）一书中两次哀叹知更鸟喜食浆果的习惯带来的不良后果：

> 1774 年 9 月 2 日：尽管人们对知更鸟偏爱有加，它们却对夏季花园里的果实危害不小。

> 1781 年 9 月 10 日：知更鸟吃接骨木果实，飞入室中，弄脏了家具。

乌鸫、其他鸫科鸟类和森莺会站在灌木枝头，每次持续摄食几分钟，有条不紊地吃掉果实，而知更鸟通常会衔起一颗果实便飞走,然后回到附近的枝头享用战利品。与其他鸟类相比,它们还倾向于采撷较小的果子——对于它们而言,连黑莓也体积太大,无法一口吞食。

观看一只知更鸟向着接骨木柠檬绿的枝叶迅速拍打翅膀,衔走一颗果实,又起身飞去,让我想起自己正在目睹一种不同寻常的共生过程。不难想象这只鸟儿占尽了便宜:充足、便捷的食物来源,味道甘美,营养丰富。不过,植物自然也受益匪浅:事实上,它的进化使其将种子包裹在颜色鲜艳、果肉丰厚的果实之中,以便借力将它们播撒到远方。

在知更鸟吃得心满意足之后,它就会飞身离开,最终排下粪便,将接骨木的种子播种到它们可以发芽、成长的地方。一两年之后,这只知更鸟的后代也许会啄食一株接骨木上的浆果,而这株植物之所以能长在此地,全是因为这只鸟儿的父母也曾如此喜欢其丰美多汁的紫色浆果。

八月也适逢足球赛季开始——这也表明,尽管天气还很炎热,秋季和冬季已经不是太远了。英国足球联盟至少四支球队以及至少四支非联盟球队的支持者,会大声叫嚷"加油,知更鸟"来为自己一方加油助威。(事实上,只有

"蓝军"这个绰号在其之上,共有九支球队使用,不过在想象力上难以望其项背。)毫不令人意外,你会发现布里斯托尔城队(Bristol City)、查尔顿竞技队(Chalton Athletic)、切尔滕纳姆队(Chetenham Town)、斯温登队(Swindon Town)这些队服以红色为主色的球队,都和我们的知更鸟有着联系,除此之外,英国橄榄球联盟球队赫尔金斯顿流浪队(Hull Kingston Rovers)也是如此。

知更鸟的英文名字"罗宾"——就如上文所言,源自更正式的"罗伯特"(Robert)一词——也成了一个使用广泛的基督徒名字。"罗伯特"这个名字的各种变体广泛分布于欧洲许多地区,以及其他英语国家,它原是一个日耳曼名字,意为"闪亮的荣耀"。

它的简化爱称"罗宾"这个名字似乎始于中世纪时期,发端于《农夫皮尔斯》(Piers Plowman)一诗,随后很快也出现在乔叟的长诗《特洛伊罗斯与克丽西达》(Troilus and Criseyde)中。

当然,最广为人知的"罗宾"当属舍伍德森林里的传奇英雄罗宾汉(Robin Hood),诗歌、故事以及后来的好莱坞大片都称颂他劫富济贫的英雄事迹。

另一个更有趣的"罗宾"出现得较晚，先是亮相于改革派新教学者威廉·廷代尔（Williarn Tyndale）1528年的文字，后又现身于莎士比亚创作于十六世纪九十年代的《仲夏夜之梦》（*A Midsummer Night's Dream*）中。"好家伙罗宾"（Robin Goodfellow）是剧中调皮捣蛋的精灵帕克（Puck）的诨名，他是个精灵，通过整理房间、做家务活让人们获得虚假的安全感，然后又通过"狡诈的花招"和恶作剧破坏这一切努力。这是个在十七世纪闻名遐迩的文学角色，曾被本·琼森（Ben Jonson）、约翰·弥尔顿（John Milton）等人提及。不过，随后他似乎很快便被打入冷宫，如今鲜有人提及。

然而，还有很多源自知更鸟名字的短语和合成词。这其中包括"篱墙里的知更鸟"，用来指称金钱薄荷、原拉拉藤等一系列藤蔓植物——这估计是源于知更鸟喜欢贴着地面潜行吧。常见的开红花的林地植物或篱笆植物，也会有和知更鸟相关的绰号：它们包括异株蝇子草（"知更鸟花"）、老鹳草或汉荭鱼腥草（"红色知更鸟"），以及一种出现在湿地草原的植物——"破烂知更鸟"①。

---

① 布谷鸟剪秋罗（Lynchnis flos-cuculi）的俗名。——编注

蔷薇瘿——那些长在野生蔷薇上的带刺异物——常被唤作"知更鸟的针垫"。它们事实上是由一种昆虫造成的:一种瘿蜂,这种蜂在未开放的花蕾中产卵,于是这个花蕾便无法开放,反而长成一副夺人眼球的模样,颜色鲜红——因此获得了这样一个名字。

"知更鸟的蛋"也被用来描述一种浅蓝色。不过,令人迷惑的是,这个词来自体型更大的美洲知更鸟的蛋的颜色;欧洲知更鸟的蛋的颜色显然并不是蓝色,而是一种点缀着红斑的奶白色。

或许,英语之中"robin"一词最奇怪的用法,来自现已不用的"罗宾之宴"(Robin's Dinner)这个短语。它源自维多利亚时代后期,指的是由心地善良的捐赠人在圣诞节为穷苦的孩子准备的晚宴。当时,一篇写于1877年的文章如此记录:"罗宾在去年的知更鸟之宴大获成功……他的圣诞之思愈加广博,现在想要为来自四面八方的孤儿与流浪儿设立'罗宾之宴'。"这一传统延续到二十世纪,直到2006年,《林肯郡回声报》(*Lincolnshire Echo*)还提到老式"罗宾之宴"的复兴:"它曾是许多林肯郡儿童一年中最重要的事件。"

DAVID LACK

The Life of the Robin

A full account of Britain's most popular bird written primarily for the layman and illustrated with line drawings and photographs

何处听闻春之曲？莫若寻觅秋之律：
云霞万顷映晴空，田园枯草尽染红。
蠓虫合唱伤心乐，哀恸河畔烟柳中。
羔羊小山声声咩，随风飘扬复沉寂；
蟋蟀篱中百转吟，知更鸟声园中啼；
飞燕成群鸣唧唧。

——约翰·济慈：《秋颂》，1819 年 9 月 19 日

九 月

现在的清晨姗姗来迟——晚到当我的闹钟响起的时候,阳光还未透过卧室的窗帘把我从梦中叫醒,由此,我以最让人气恼的方式开始了一天。

不过,这个清晨,我在那令人生畏的"哗哗"声响起之前便醒来了,叫醒我的是一种更加美妙的声音——知更鸟的歌声。自从六月筑巢后不久,它最后一次朝着配偶和第二窝几乎羽翼丰满的雏鸟唱了几周小夜曲之后,这是两个月来我第一次听到它的歌声。

我躺在床上聆听仿佛是一位老友的熟悉的声音,一个在我意料之外的声音。不过这又完全合情合理。它还提醒了我,时光流逝,虽然夏日尚未结束,但秋日已近,而冬天也离我们不远了。

随着年龄的增长，我发现，自然界的些微变化——一周又一周的不同，甚至一天又一天的差异而累积成的季节转换——越来越容易让自己受到影响。虽然这些变化本身并不引人瞩目，但是就像时钟上的秒针，它们聚沙成塔，渐渐积累成时光之中斗转星移的变化——以及自然界之中空间的变化。九月里，知更鸟的歌声便是这样一个天然的指示信号。

那天晚些时候，沿着乡路走进我的村庄，我能听到几只知更鸟的啼鸣，每一只都在用一种次序分明而又毅然决然的方式，以秋日的歌声，标示出自己的领地。在当地小店外面的电话线上，济慈诗中"集结的燕子"正在准备远行。它们就像飞机航站楼里那些不耐烦的旅客一样坐立不安，时不时成群结队地起身飞离，划过空中，唧唧喳喳地叫个不停，然后又返回原处。

很快那一天就会到来——大概在月中——它们会离开栖息的地方，最后一次盘旋而起，飞入九月的天空。这次，它们不再返回原处，而是飞离我们萨默塞特郡的小村，直奔英吉利海峡，穿过法国，越过地中海和撒哈拉沙漠，飞过北回归线、赤道和南回归线，然后最终抵达目的地：南非的好望角。还要等六个月的时间，直至明年四月初，我们才能再次听到它们的叽叽喳喳。

不过，对于使出浑身力气歌唱的知更鸟，并没有这样的全球旅行。它们注定不会周游世界，而是待在原地，固守在英国西南部的这个村落里。当然，这就是它们为什么要放声歌唱——就如上文所述，知更鸟不仅要在春夏两季的繁殖期，还要在整个秋冬两季捍卫领地，这在英国鸟类中极其罕见。

它们这么做并不仅仅是为了吓退雄性对手与吸引雌鸟，就如春季时那样；它们这么做也是为了划定一小片区域，作为终年日复一日觅食的地方。冬季，小型鸟类面临着一个看似简单但生死攸关的问题：如果不能找到充足的食物——每天必须如此——它们将会殒命。

多数禽鸟采取一种更加社群化的策略：年初与知更鸟毗邻而居的蓝山雀与大山雀，现在会成群结队，在花园、公园和林地游来逛去，就像一群十几岁的不良少年。每当找到食物的时候，它们就会兴奋地呼朋引伴，和亲友们一起分享食物——其中也会有戴菊、旋木雀以及银喉长尾山雀等寄生的食客。

不过,知更鸟——忠于它们好斗的本性——却从不知分享为何物。正如公元前三世纪的希腊哲学家泽诺多托斯(Zenodotus)所言:"一片林子容不下两只知更鸟。"事实上,它们选择的是孤独之路,独守一片领地,以歌唱的方式,抵御任何入侵者来犯。这也解释了一个有趣的现象:每年的这个时候,雌性知更鸟也会唱歌,这在所有的英国鸟类中独一无二。

我强调"独一无二",尽管雌性鸫鹛、林岩鹨与河乌偶尔也会一展歌喉,而某些非洲种类的伯劳鸟甚至会"男女二重唱",雌雄之间一唱一和。但是,只有知更鸟雌鸟会经常性地啼鸣,在所有的鸟类中绝无仅有——事实上,科学家发现秋季的时候,雌性知更鸟甚至比雄性知更鸟更喜欢引吭高歌。所以,爱德华·托马斯(Edward Thomas)诗句——"再次歌唱吧,秋日欢愉的悲歌"——文中的知更鸟实际上有可能是一只雌鸟。

因为知更鸟雌雄两性外观如此相像,我们很难通过观察辨别一只知更鸟的性别,所以直至不到一个世纪之前，人们才发现雌性知更鸟也会歌唱。发现这一现象的人是爱尔兰的知名鸟类学家 J. P. 伯基特。他在位于弗马纳郡恩尼斯基林的自家花园中对知更鸟展开了细致入微的田野调查。他完全是在自己的空余时间完成了这一研究，与此同时，他还继续担任郡土地测量员的本职工作，在所管辖的爱尔兰地区首次引入了柏油马路。

詹姆斯·帕森斯·伯基特（James Parsons Burkitt，即 J. P. 伯基特）出生于 1870 年，直到快四十岁的时候才对禽鸟产生兴趣。不过，他很快后来居上，成为爱尔兰最有影响的业余禽鸟学家之一。长久以来，他对知更鸟的观察要比之前的任何人都要细致深入，也可以说比之后的任何人都要细致深入（尽管之后有戴维·拉克）。1924 年至 1926 年间，他在《英国禽鸟》（*British Birds*）杂志上发表了一系列具有开创意义的研究发现——包括在此之前尚无人知的雌性知更鸟鸣唱的事实。

伯基特在 1922 年开始进行鸟类环志研究。1927 年 12 月 18 日，他对一只雌性知更鸟进行了环志标记，十多年后，在 1938 年 7 月，重新捕获了这只鸟，也即证明这只鸟的年龄至少有十一岁。这一数字仍然保持着这种通常寿命较短的鸟儿在英国的最长寿纪录——在此之前,英国发现的寿命最长的知更鸟,是一只在环志八年五个月后被重新收回的鸟儿。(在欧洲有两项更长的知更鸟存活时间纪录:一项是十七年三个月,来自波兰;另一项是惊人的十九年四个月,来自捷克共和国。)

伯基特一生建树颇丰,活到八十八岁,1959年寿终。所以,他生前得以看到拉克对其作品推崇备至。后者热情地仰慕着伯基特这位鸟类行为研究领域开拓者。在《知更鸟的生活》一书的第四版前言中,拉克向这个谦卑而又极度虔诚的前辈致以敬意,写道:

> 除了极富创见的关于知更鸟的著作,他在五十岁后几乎没有发表任何文字,也许是因为……"相较于造物主,我更对造物感兴趣,这让我有些良心不安。"

据拉克所载,波克特晚年过着阅读《圣经》、养花种草的生活——当然有他钟爱的知更鸟相伴左右。

伯基特和拉克均发现,秋季里雄性与雌性知更鸟的叫声,跟春季的叫声听起来在音调方面有着细微的区别,很多细心的聆听者也都注意到了这一点。它听起来更加柔美、安宁,也许有人会说,更加哀伤、忧郁,或许反映了我们自己在夏日逝去之时的心情。诗人罗伯特·彭斯亦有此意,曾将此写为知更鸟"忧戚的秋日之欢"。

然而,将人类情感投射在鸟类鸣啼之上,无异于开启了装满关于人类如何应对自然的各种问题的潘多拉魔盒。我们唯一能言之凿凿的是,没有证据表明,其他的知更鸟作为这支歌的听众会以这种方式倾听。

传统的假设认为雄性和雌性知更鸟在秋冬两季鸣啼与保卫领地单纯是为了食物。不过,这一假设存在一个问题。毕竟,如济慈诗中所言,初秋是一个"硕果累累"的时节。这是一个丰裕的时节,这时的食物来源是一年中最为丰富的,有大量的浆果、种子与昆虫供鸟儿食用。如此看来,结论不应当是,无论哪一只知更鸟,都没有必要花精力、费喉舌保卫一小块地皮免受竞争者入侵吗?

戴维·拉克也非常清醒地意识到了这一未解之谜:

> 显然,既然知更鸟一般在秋季并不繁殖,那么秋季领地对于寻找配偶或其他繁育行为并无价值。因而,人们可能会设想这只能是一种觅食领地。不

过，对于这一点，也不乏大量反对意见。因觅食而僭越领地的行为稀松寻常，其他可能会竞争食物的鸟类也并未被驱逐出境，秋季领地的面积与春季相比也大小不一。再者，因领地争端导致的争斗在食物充足的八月和九月最为剧烈，而在食物越来越少的十一月与十二月反而逐渐缓和了。

对于这个谜团，有几种可能的解释。其中一种简单明了：人们发现在秋季天气晴朗的几天，有不少鸟儿都会歌唱——我曾听到鸫鹛、林岩鹨与叽咋柳莺在九月放声歌唱。有可能是因为，春季和秋季有相似之处——特别是当昼长几乎相同的时候——可能让鸟儿误以为春天又来了，所以它们开始歌唱，捍卫领地。

这种解释的缺点是，雌性与雄性知更鸟均会在每年的这个时候鸣唱并捍卫领地，实际上远比其他任何种类的鸟儿都要更加有体系且持之以恒。

那么，为什么雄性和雌性知更鸟在秋冬两季都如此孜孜不倦地鸣叫呢？拉克不愧为天性好奇之人，提出了另一个相当巧妙的解释：知更鸟是一种具有部分迁徙本能的鸟类，一些知更鸟在每年的这个时候歌唱，是为了压抑迁徙的内在本能。它们不离开其繁衍生息的领地——我们很快会看到,很多知更鸟确实会飞离繁衍地——转而留守故土,倾情鸣唱。换言之,通过自己的劝诱,它们相信繁殖期又要开始了,因此得以避免遵循任何潜在的南飞的迁徙本能。这个理论聪明绝顶,不过,我必须说,我并没有完全信服。

与此同时,知更鸟继续在我卧室的窗外歌唱,在接下来的几个月里都会这般乐此不疲。为这种纯粹的生物现象欢欣鼓舞似乎并不明智,不过,当我躺在床上,处于半睡半醒之间时,知更鸟九月的歌声甜美、悲伤的音符渐渐渗透到我的意识之中,我还是情不自禁地对将要来临的一天感到快乐。由此,大自然以最令人料想不到、最让人愉快的方式滋养与抚慰了我们。

那么,知更鸟行为中另一不同寻常的特征——人们经常会听到它们在半夜歌唱——是怎么回事?

大约四十年前,在剑桥大学求学期间,我记得在一个秋夜步行归家,当时早过了我平时上床睡觉的时间。在我到达所属学院的时候,令我吃惊的是,我确定听到了知更鸟的叫声,这声音撕破了万籁俱寂的深夜,就像在一个阳光明媚的春日早晨的叫声一样嘹亮清晰。

我对此并未有更多的思考,直到许多年后制作一集《英国自然》(*The Nature of Britain*)这档关于城市野生动物电视节目的时候。我的研究人员提及关于知更鸟——以及其他鸣禽——习惯性夜间歌唱原因的最新研究成果。要知道我们并不是在谈论破晓前一个小时左右的歌唱,这本就稀松平常;也不是夜幕降临时的歌唱,这也自然常见——而是一种切切实实的深夜演出。

过去,一些科学家曾提出鸟儿——尤其是那些栖居在城里的鸟儿——有时在夜间鸣唱的原因是夜里比白天更为安静。白天的时候,它们不得不和人类喧嚣及交通噪音一争高下。不过,尽管这种分析有合理之处——毕竟,人们认为夜莺之所以在夜里吟唱,是为了避免被其他鸟类的叫声淹没——真实的原因却与知更鸟漆黑如珠的眼睛有关。

我们知道,知更鸟拥有不成比例的大眼睛——相对于头颅及身体的大小,它的眼睛比大多数鸟类的眼睛都要大。这眼睛使得它能够在黄昏和傍晚时分于阴暗的环境中寻觅食物。不过,格拉斯哥大学的研究者们也发现,这种大眼睛也让知更鸟对某些频段的光较为敏感——特别是霓虹灯发射出的蓝光。

正因如此，鸟儿的生物钟被城市之中无处不在的人造光源打乱，导致它们误以为已是破晓时分，于是开始歌唱。事情会愈演愈烈。一旦一只知更鸟开喉鸣唱，也就无异于向周围的知更鸟表示，需要放开嗓子，保卫自己的领地了。由此，一鸟醒，则意味着众鸟皆醒。

主持这项研究的科学家戴维德·多米诺尼（Davide Dominoni）博士认为，如此一来，很多栖居在城市里的知更鸟筋疲力尽，变得软弱不堪，自然也增加了早亡的可能性。他曾建议改造街灯，减少光污染，希望可以借此阻止知更鸟熬夜不眠、通宵歌唱。

虽然由于不断增加的光污染，知更鸟彻夜歌唱的习惯愈演愈烈。实际上，这种现象比我们想象的要更为久远：在1869年的小说《洛娜·杜恩》（*Lorna Doorne*）中，R. D. 布莱克莫尔（R. D. Blackmore）断言："人人都知道知更鸟在夜间歌唱。"这种小夜曲甚至也可能给第二次世界大战时期的歌曲《夜莺在伯克利广场歌唱》（A Nightingale Sang in Berkeley Square）提供了灵感：将这两种夜间鸣唱的鸟儿混为一谈的现象至今仍然偶有发生。

据说玛格丽特·撒切尔（Margoret Thatcher）任首相期间，曾有一天早晨步履轻盈地走进一场会议，宣称昨天晚上一只夜莺在唐宁街十号的窗外对着她唱了一宿的小夜曲。当一位公务员犹犹豫豫地指出夜莺只有夏季在英国现身，现在应该已迁往非洲的时候，她坚称自己对这只鸟儿的辨别确凿无疑。

但是夜莺是出没在乡间的鸟儿呀，这位不幸的顾问坚持道，即使有一只未能迁徙，留了下来，它也不应出现在伦敦市中心。虽然如此，铁娘子仍然不为所动。

这个官员还要第三次反驳她的时候，他的顶头上司悄然凑了过来，在他耳畔强压住怒火低声说，"如果首相大人说她听到的是一只夜莺，她就是听到了一只夜莺！"

因为知更鸟是为数不多的在整个秋季都经常鸣唱的鸟儿，所以，自然而然，历代的诗人和博物学家都曾提及这一非同寻常的习惯。

最早提及这一点的是十八世纪的牧师兼博物学家吉尔伯特·怀特，他的《塞耳彭博物志》（*A Natural History*

of Selborne）一书闻名遐迩,是最广为人知的经典自然文学作品——也是很多读者心中至爱。不过,怀特本人对于知更鸟的秋日之歌态度暧昧,从他 1776 年的日志中便可见一斑:"知更鸟的歌声非常甜美动听;但是却改变不了它所勾连的令人不安的念头,让我们想起冬日将至。"

半个世纪之后,威廉·华兹华斯在诗歌《1819 年 9 月》(September 1819) 中采取了一种更积极的视角,虽然也沾染了些许忧郁:

> 孤独的知更鸟高亢坚定,
> 它向寒冷冬日的致敬
> 是毫不微弱犹豫的啼鸣!

不过,在称颂我们和知更鸟的亲密关系,赞美知更鸟在全年最黑暗的月份仍然高歌不辍方面,十九世纪早期的诗人兼公学校长诺埃尔·托马斯·卡林顿(Noel Thomas Carrington)的诗作无人企及。他将知更鸟称作"一年将尽的沉闷与低落中唯一的游吟诗人",称赞了这种鸟儿著名的温顺品性:

> 甜蜜的家喻户晓的鸟儿!
> 不论老幼你都欣然取悦,

热心回报好心人常常赠与的面包碎屑；

以神圣的吟唱抚慰人类，

点亮他黑暗的时刻，

穿过寒冷与阴暗，秋季与冬季，

向他传授希望。

但是，对于一些知更鸟而言，英格兰的花园给予的安适仍然太过遥远，它们在思索着一次漫长、危险、可能致命的穿越北海的征程。比起这种鸟儿生命里其他所有的方方面面，只有这一点更让我想起戴维·拉克在毕生研究这种鸟儿之后写下的话语：

知更鸟的世界如此迥异于人类的生活经验，以至于我们难以透视其中，除了只能隐约看到它的世界与我们多么不同。

穿着褐色衣衫的甜蜜小鸟,
又一身年末岁尾的衣裳。
我爱你寂寞凄美的歌曲,
迷恋你轻声细语的旋律。
不论坐在篱上抑或园中,
我眼望树叶萧萧落下。
你的歌重复着微小的欢娱,
我的孤独得到了安抚。
多少孤苦无依的人儿,
一次次听你歌唱,欢欣鼓舞。

—— 约翰·克莱尔:《秋天的知更鸟》,1835 年

十 月

迄今为止，这个秋天一直干燥、温暖，气温令人称奇。偶有雨水，也是在夜间降落，短促迅速，因此白天天气晴朗，基本上阳光普照。

对于我们这些热切期待观赏候鸟南飞的人，这是一个静寂无声的秋天，至少在我居住的西部海岸情况便是如此。每年的这个时候，热情难抑的观鸟人都会祈祷天气状况变得糟糕，迫使鸟儿降落在我们的海滩；而天气晴朗的状况下，它们就会径直飞越我们头顶，直奔南方。所以，除了几只在滨海伯纳姆的防波堤蹦蹦跳跳的穗鹛，以及一只像卫士一般挺立在山楂丛中的怪模怪样的草原石鹛，这个秋天鲜见候鸟的踪迹。

因此，当我在距离海岸一百米左右的地方，听到树篱中传来一阵重复的"啼啼"声的时候,并没有太过在意。不过,意识到这是一只知更鸟时,我决定去看一看。声音来自一条排水沟,这是一道沿着小径的积水的小沟。我耐心地等待这只鸟儿现身,不过它却迟迟不肯露面。与别处的知更鸟无异,这里的知更鸟一般也比较善于表现自己,要么跳到草地上,要么飞到枝头上;不过,这一只却坚决保持隐蔽。而且,它也没有像我通常预料的那样,唱起歌来。

最后,我转身回到了车内。不过,那时我突然想到这只鸟儿之所以表现得特立独行,可能合乎情理。它也许并不是我们本地的知更鸟,定居在永久性的领地里。它可能是一只来自欧洲大陆的鸟儿,穿过萨默塞特郡,前往南方。

就像我在此前一周左右看到的穗鹍和草原石鵖,它是一只候鸟。尽管它不会像它们那样飞往那么远的地方,它也会飞行一段相对遥远的距离。它已经完成了从斯堪的纳维亚地区的繁殖地穿越北海抵达这里的路途,会很快再次飞离,赶往法国或西班牙过冬,也有可能飞到遥远的北非。

几年前，我曾步行到布莱克尼海角，这是一道铺满了卵石的长长的海岬，伸向北海，与北诺福克海滩平行相望，也是候鸟喜爱停驻的地方。一路跋涉到海岬尽头，就像行走在黏稠的粥里，当我们最终抵达海岬尖端的时候，不得不坐下来喘一口气。

几分钟后，我看到一只鸟儿从低矮的灌木中跳到地面上，动作熟悉可辨。这显然是一只知更鸟。事实上，它们的数量有好几只。不过，就像我在萨默塞特郡看到的知更鸟，它们的行为出乎我的意料。它们一点儿也不温顺近人，而是机警小心，仅仅偶尔从茂密的荆棘丛中现出身来。它们看起来也不一样：灵活瘦削，而不是丰满圆润，胸部羽毛的橘红色也相对较浅——尽管这可能是出于秋日光线的原因。

毫无疑问，这些是来自大陆的知更鸟。它们是从斯堪的纳维亚地区彻夜飞来的移民，利用高压与气流飞到英国，完成了飞往西南的第一段路程。黎明时分，它们在此处落脚，稍事休整，休息进食，然后等到傍晚，在夜色的掩护下再次启程。

那天在诺福克，我仅遇到了几只知更鸟，不过，如果天气状况合适,有时可以看到大群大群的知更鸟。1637年,清教异议者约翰·巴斯特维克(John Bastwick)博士被判定从事煽动性布道,妄言主教为上帝之敌。他被割去双耳,课以五千英镑重罚(相当于现在的五十万英镑),然后流放到锡利群岛上的斯塔尔城堡上——彼时就如现在,那里也是候鸟喜爱停驻的地方。他的朋友威廉·普林(William Prynne)后来写道:

> 前晚,成千上万的知更鸟降临到这座城堡(在此之前与之后,群岛上从未出现如此多的知更鸟),用优美的歌声欢迎他的到来,一两日后,又起身飞去,不知赶往何处。

这是有史以来首次文字记录的大陆知更鸟飞往南方、经停英国的情景。不过,这显然不是最后一次:1951年10月1日,整个英国东部海岸的观鸟人都目睹了后来被称作"知更鸟大潮"的现象,大批迁徙的知更鸟出现在从北方的费尔岛到南方的肯特郡的众多观鸟地点。

这次的数目惊人:热心的环志者设法捕捉并给超过一千只知更鸟进行了环志标记:在法夫郡海岸的梅岛标记了三百只;在东约克郡的斯珀恩海角和林肯郡的直布罗陀角

各标记了五百只。考虑到环志标记的鸟儿仅占总数的一小部分——很多鸟儿在夜间飞越，无人得见——我们只能粗略估计，参与这次迁徙的知更鸟总数应在数万，甚至更多。就像所有的环志鸣禽的情况一样，只有一小部分被重新收回：仅五只在斯伯恩观鸟站环志的知更鸟被重新发现，分别出现在梅诺卡、法国和意大利三地。

这次史无前例的知更鸟"访英"现象是源于在此之前连续几日的特殊天气状况。这些鸟儿会在九月最后一天飞离斯堪的纳维亚半岛，当天天气近乎完美：稳定的高压系统带来晴空万里、凉风习习。这让它们可以利用月亮、星辰以及地磁场导航。

不过，当它们飞越北海的时候，天气突然迅速转坏。丹麦上空乌云密布，夜间出现大面积浓雾，让鸟儿迷失方向——它们中许多是当年早些时候出世的雏鸟，这是它们平生第一次迁徙。

迷失方向又筋疲力尽，正常的导航工具也因乌云与大雾失灵，很多经验不足的鸟儿本可能在惊涛骇浪中殒命。不过，对于一些鸟儿来说，这种特殊天气系统的另一特征却救了它们的命。东风与东北风风速越来越快，吹得鸟儿偏离正常路线,降落在不列颠的东部海岸。于是破晓时分,沿海的滩涂和岛屿集结了大量的知更鸟。在此之前,从没有如此多数量的知更鸟集中出现,在此之后,也再无这一现象。

我们一般不会把知更鸟看作候鸟。尽管前有约翰·巴斯特维克目睹的大量知更鸟,后有"知更鸟大潮",大部分知更鸟的确并非候鸟。通过对环志知更鸟飞行轨迹的研究,发现只有很小一部分——可能是三十分之一——知更鸟飞到距离出生地超过二十公里(十二点五英里)的地方;知更鸟脚上彩色的环志也表明,大多数雄鸟占据的领地实际上与它们一两年前出生的地方有所重合。

不过,有些知更鸟的确会迁徙。少量英国知更鸟(不列颠群岛的种群)——大概占总量的百分之五,基本上都是雌鸟和幼鸟——每年秋天离开我们的海岸,到欧洲大陆过冬,主要去往法国北部。然而,环志的鸟儿也曾出现在西班牙与葡萄牙等更远的南方,其中一只鸟儿——在威尔士的蒙哥马利郡环志——飞行了一千六百多公里(一千英里)的距离,来到西班牙西南部。不幸

十月

的是，它花费了这番努力，却被一个喜欢开枪的猎人一枪打死了。

与此同时，大陆知更鸟——欧洲大陆的种群——从八月末起开始出现，通常在英格兰和苏格兰东部沿海地区。直到十一月，还能看到它们的身影，尽管它们的数目在十月达到顶峰。有趣的是，在降落东海岸的知更鸟数量达到最多之后，它们很快开始往岛内渗透：据记载，2014年10月中旬，在斯格尔特海德岛和诺福克郡记录到的知更鸟数量减少了九十只。几日之后，在四十多英里之外的内地，位于赛特福特附近的英国鸟类信托基金会总部发现这里的知更鸟数目大增——从原来的四只变成了二十八只。

这些迁徙而来的知更鸟大多来自斯堪的纳维亚地区——往东北方向直至芬兰——但是，通过回收鸟儿环志发现，有一些来自东欧、波罗的海诸国或低地国家。它们会往南飞到伊比利亚半岛，甚至飞到非洲西北部，这些鸟儿中大多数会在降落我们这里之后一两天内启程离开。

然而，少数这些来自欧洲大陆的知更鸟偶尔会在不列颠度过整个冬季。你家花园灌木丛下那只鬼鬼祟祟、举止羞涩、紧张兮兮的浅色知更鸟,就有可能来自比你想象之处更远的地方。

几乎无法想象一只候鸟会有怎样的经历。它从一颗小小的蛋中破壳而出时还是一身赤裸、目盲无助的样子,到现在也仅几个月的时间,如今便要完成飞越海洋这番史诗般的征程,将是什么样的感觉呢?

不过,这正是知更鸟离开斯堪的纳维亚地区的出生地,向西南飞至英国过冬所完成的壮举。就像所有的候鸟——尤其是那些今年早些时候才孵化出壳、如今第一次飞往南方的幼鸟——它们受到本能以及对途中特殊天气状况的反应的驱使。成功既取决于运气,又取决于判断,许多鸟儿失败了,在一生首次的长途旅行中殒命。

* * *

让我们想象这种情景:十月中旬一个晴朗干燥的傍晚,暮色将至,在位于北海另一侧的某个地方。白天早些时候,弱峰面缓慢由西往东行进,带来阵阵细雨。不过,现在峰面已过,气压开始上升,气温降低——准确无误地标示着高压即将入境。

这只小知更鸟——以及它的同伴——大脑中的某种存在告诉它,启程的时间到了。白昼渐短,尽管它贪婪地进食增加体重,却仍然发现食物越来越难以找到。所幸,碰巧遇到一簇茂密且熟透的山楂果,让它得以尽情摄食、储存热量。几周前,它刚刚蜕掉幼时带斑的旧羽,换成一身橘红色、灰色与棕色的新衣,标志着它已是一只成年知更鸟,随时可以出发了。

就像几乎所有的鸣禽一样——除了家燕和紫崖燕,一边飞行一边捕食——知更鸟在夜间迁徙。它们这么做完全合情合理:夜晚的空气较为凉爽,阻力较小,让它们得以保持体温;夜色掩盖之下,也能安全躲避捕食者;一旦抵达落脚点,它们可以在白天休息进食,准备开始下一段路程。

现在,日落一个小时之后,各项条件理想,空中视线清晰,吹着轻微的东北风。在某种无形信号的指示下,知更鸟起身飞入空中,启程出发。

几千年来，我们的祖先一直惊叹于候鸟迁徙的奇迹——尽管有些古代哲学家完全拒绝承认鸟类迁徙这一看法。公元前四世纪，希腊哲学家亚里士多德（Aristotle）提出了一种另类的理论——也即"变形论"——禽鸟只是从一个种类变成另一个种类而已。广为人知的是，他相信在冬天的时候，夏季生活在希腊的红尾鸲会变化成知更鸟。这一谬论延续了近两千年之久，直至十六世纪中期，英国鸟类学家威廉·特纳（William Turner）才最终不容置疑地证明了它的荒诞不经。

即使是在今天，我们已经知道鸟类如何在地球表面上导航迁徙，心中却仍充满了敬畏之情。与依赖地图和记忆（现在是电子卫星系统）的人类导航员不同，鸟类用一套完全不同的工具来定位方向。

地球的磁场是关键：通过对被捕捉的鸟类进行实验发现，如果它们周围环境的磁极发生了变化，它们便会本能地朝向自以为正确的方向，即使这一方向偏离实际方向 90 度甚至 180 度。就像古时的水手，它们还会依靠星辰认路——在清晨或日落的时候，依靠太阳的位置；在阴云密布的时候，依靠偏振光。在临近目的地的时候，它们还会根据海岸线、河流等地理特征辨别方位；在来年春天返程途中，当靠近故土的时候，它们甚至可能辨认出特殊的地标。

不过，对于这只小知更鸟，第一个挑战是如何飞越茫茫无边的北海。这时本能必须发挥作用：鸟儿选择一条路线，然后坚持沿着这条路线飞行。但是，出发地点的天气状况良好，却并不意味着目的地或沿途天气良好。斯堪的纳维亚地区可能是高压天气，但是往南，天气实际上大为不同。低压区带来强风、乌云和降雨，导致鸟儿不能看清星辰，甚至完全看不到任何东西。

不过，这只知更鸟继续前行，在本能的驱使下赶往陆地。它已经飞行了很多小时，左侧空中的光亮表示东方将要破晓。雨越下越大，它的能量储备越来越少。不过，一代代的进化适应现在开始发挥作用：它之所以出现在此处是因为它的父母、祖父母以及过去的祖先能够从这场危险的旅程中存活下来。如果它在这时失败了，这条血脉也就此永远终止。

远处，在它视线的右侧，有什么东西在闪闪发光。一道光；然后又闪了一次，之后再闪了一次。某种直觉告诉它朝那个方向飞去,在它往那里飞去的时候,光亮越来越强,但仍然每隔一段时间闪动一次,中间有几秒钟的间歇。最后,光亮强到让知更鸟认为突然间破晓了,然而,顷刻间,它又陷入黑暗之中,随后光亮再次出现。它被眼前的景象迷住了,继续向着那规律性的闪光飞去;但是,最后一刻,某种东西警告它不要靠得太近,它收起翅膀,往下坠落。

然后它看到大地扑面而来,向它迅速逼近。它本能地减慢速度,片刻后,在一片柔软的草地上着陆。四下张望,它能看到茂密的山楂树篱,它兀自飞入其中。透过轻轻的雨声,它能听到其他知更鸟温柔的啼声、一只乌鸫的警报声以及其他鸟儿的鸣叫。它安全了——至少现在是安全的。

不断闪亮的光自然来自灯塔:傲立在弗兰伯勒角(Flamborough Head)高处的一座灯塔,位于布里德林顿和斯卡波罗度假区之间的约克郡海岸。这个岩石海角突兀地挺入北海——事实上,"Flamborough"一词可能源自盎格鲁—撒克逊语,意为"箭",因为这处海角看起来比较像箭头。

灯塔最初建成于十九世纪早期,向往来的船只提醒海角的位置。不过,从那之后,它便既是候鸟的克星,又是它们的救星。有些鸟儿,如这只知更鸟,可以利用光线的引导飞到安全的陆地;有些鸟儿则径直撞到照射灯的玻璃上去。每天早晨,在灯塔下面,都能看到令人心伤的小小的尸体,它们的旅程在即将抵达安全之处时不幸提前终结了。

今天,这只知更鸟属于幸运的一只。它费尽千辛万苦越过北海,这也是它的旅程中迄今最危险的一段。现在,从飞行的劳累中恢复之后,它将在树篱掩映下的地面上悄悄进食,然后再补足几个小时的睡眠。下一个晚上,它会再次出发。这一次的路程要短得多,也相对简单,目的地是英格兰南部一处林地或花园。在那里,它会和我们常驻的知更鸟一起度过剩余的秋天和整个冬天,然后来年春天再次返回北方和东方,第一次繁殖后代。

* * *

我们一下车,就听到了知更鸟的鸣啼——这是个好兆头。因为我正在进行一趟朝圣之旅。这里是德文郡的达廷顿庄园,毗邻托特尼斯镇,高低错落、林木掩映。八十多年前,戴维·拉克曾在此处开始了他延续一生的知更鸟研究事业。

今天,达廷顿以夏日学校和每年一度的文学节"词汇之道"(Ways with Words)闻名遐迩,吸引了来自不列颠乃至全世界的知名小说家以及非虚构文学作家。去年,我参加了这个活动,并应邀发言。我的听众寥寥,与布克奖获奖得主、《狼厅》(*Wolf Hall*)的作者希拉里·曼特尔(Hilary Mantel)的听众数量比起来,可谓相形见绌。她的数百个热情粉丝绕着主厅排起了长长的蛇形队伍。

不过,今天较为安静,因为是期中假,但停车场还是停满了车子,闲逛的人们穿着颜色鲜艳的防水衣,一场婚礼正在举行中——这是经济不景气时期,诸如此类的庄园保持收支平衡的一种方式。

达廷顿庄园的历史至少可以追溯至九世纪。主体建筑本身从 1386 年开始修建，由亨廷登伯爵约翰·霍兰（John Holland）主持，他是国王理查二世（Richard Ⅱ）同父异母的兄弟。在 1400 年，霍兰因反叛理查二世的继承者亨利四世（Henry Ⅳ）被处以斩刑之后，房产易主，最终落到贵族钱珀瑙恩家族（the Champernownes）之手。不过，到了二十世纪二十年代，这座建筑已年久失修，处于崩塌的危险之中。

莱纳德·埃尔姆赫斯特（Leonard Elmhirst）与多萝西·埃尔姆赫斯特（Dorothy Elmhirst）这对了不起的夫妇拯救了这个庄园。多萝西出生于美国，继承了大笔遗产，他们利用这笔钱修复了这座房子和地面设施，并开始了激进的社群生活实验——这是一种前嬉皮士时代的社群，致力于进步教育、可持续性就业、乡村复兴、文化以及艺术事业。

正是在这种环境下，1933 年岁末，二十三岁的戴维·拉克来到此处，在这里新近开设的学校担任生物老师。在某些方面，对于这位年轻人而言，这是一个奇怪的选择：他经历了舒适且相对传统的教育，父亲是一位出色的医生,母亲曾是演员,他是家中的长子。他曾就读于诺福克郡格雷沙姆学校,在那里,年轻的戴维很早就对禽鸟产生了兴趣——这种对于鸟儿的痴迷,伴其一生,并最终使他成为首屈一指的进化生物学家之一。

不过,戴维·拉克从剑桥大学莫德林学院毕业时,仅获得了令人失望的自然科学二等学位,这让他无所适从。所以,当达廷顿的就职机会出现的时候,他似乎是毫不犹豫地抓住了。这位羞涩内敛、一本正经的年轻人如何看待埃尔姆赫斯特夫妇赋予学校的进步愿景不得而知——其中一位住客,教育学家迈克尔·杨(Michael Young),将这里描述为"裸身与卷心菜汁信徒的圣地"。我们也难以知晓他如何管教这里的学生、未来的大艺术家卢西安·弗洛伊德(Lucian Freud)。不过,他的和平主义观念在这里确实受到了厚遇,在当时欧洲军国主义继希特勒迅速掌权之后愈演愈烈的状况下,这是一种颇富争议的立场。

拉克也喜欢学校的乡村环境,这里位于一千二百英亩林地和草原之中,不乏鸟儿与其他野生动物。1935年1月,距离来到达廷顿刚满一年,他开始对这里一片二十英亩土地上的知更鸟数目进行集中的田野调查。这一方面是为了满足他本人急于开始真正的动物学研究的热情,另一方面也是为了给他的年轻学生们找些事情做,鼓励他们从户外活动中学习获益。从早年探寻更多关于鸟儿的知识的冲动出发,拉克会继续前行,成就杰出的科学事业——事实上,他在后来被誉为"进化生物学之父"。不过,一切都是从达廷顿起步。

* * *

所以,我来到这里,是为了参观这个推动戴维·拉克开展人类最著名的鸟类研究项目之一的地方。可以说,这个项目也为未来所有针对某一物种的集中细致的田野观察设定了标准。

不过,我面对的第一个问题是天气:降雨已经持续了一整天,直到现在,随着降雨强度开始减弱,一些鸟儿才陆续出现。我可以听到银喉长尾山雀刺耳的啼声,它们急切地在彼此之间保持联系,同时,像一群会飞的棒棒糖般沿着树篱飞去。宽广敞亮的草坪上,白鹡鸰在捕食昆虫——由于天气温和，昆虫数量充足。虽然已是深秋，树叶才刚刚变色。之后，我甚至还看到了一只优红蛱蝶，也许它是今年的最后一只蝴蝶，因为十一月就要来了，这个周末进入冬令时间，昭示着寒冬将至。但是，至今为止，尽管我能听到很多知更鸟在远处歌唱，却还未看到一只现身。

我这次来访的向导叫凯文（Kevin），他住在路的尽头，对达廷顿了如指掌。他向我指出这里品类极其丰富的充满异域风情的外来树种，包括银杏、一棵巨大的桑树以及一棵高耸入云、树冠阔大的落羽松。他告诉我，这棵落羽松傲立在一方土地之上，它的根脉直通下面的地下水源。一行高大的甘栗树提供了避雨的好去处，掉落的果实散满了地面。不过，又一只知更鸟在歌唱，提醒我此行的目的。然而，我们在地上走动时，它们却似乎打定了主意，不肯抛头露面。

这里气候温和，林木茂密，为数量充足的知更鸟提供了繁衍生息的条件，这让我意识到，对于那位年轻的学校老师，它提供了一个细致研究单一物种的绝佳机遇。几年的时间内，拉克在最为我们所熟知的这种鸟儿身上，获得了一些非同寻常的发现：它们如何守卫领地；秋冬两季，雄性与雌性知更鸟皆可经常鸣唱；一些知更鸟实际上也每年迁徙。

除此之外，他开始形成一种思维方式，这种思维方式使他成为一位真正的具有创见的科学家。他首先开始理解，一个种群内部的自然选择如何推动了个体生物的进化，而非整个物种或族群的进化。在那时，这还是一个激进的观点。不过，作为战后专攻鸟类种群生态学的鸟类学者，拉克建树颇丰，因此，他在生前得以看到自己的观点被接受并成为主流观点。

这一切成就都缘起于知更鸟，在某些方面而言只是纯属巧合。当拉克开始自己的研究时，正值寒冬腊月，与其他鸟儿相比，知更鸟显然更加惹人注目——不过，他也有可能选择同样无所不在的鹪鹩作为研究对象［这种鸟后来成为爱德华·阿姆斯特朗（Edward Armstrong）这位剑桥牧师一本专著的研究对象］。但是，我很高兴拉克选择了知更鸟——当我们就要最后告别达廷顿庄园的时候，一只知更鸟终于短暂现身，然后又径直飞回茂密的月桂树篱中。

通俗科普读物之中，鲜有可与《知更鸟的生活》媲美者。此书出版于1943年，适逢第二次世界大战战事正酣，之后接连五次再版，包括由鹈鹕出版社刊出的大受欢迎的简装版，读者中不仅有职业科学家与生物学专业的学生，也不乏许多非专业人士。第二次世界大战期间，拉克还协助开发了雷达系统，并在此之后成为牛津大学爱德华·格雷田野鸟类学研究所主任，学术成就斐然。不过，虽然他发表了其他大量通俗或学术读物，他的不朽名声主要还是来自早年对这种普通常见的鸟儿的研究和发现。

戴维·拉克在1973年辞世，时年仅六十二岁。众多悼词和讣文的主题集中在他对主流科学发展所做的巨大贡献上。不过，这些悼词和讣文也均提到，通过写作《知更鸟的生活》一书，他激励了许多观鸟人更为深入细致地观察禽鸟——这也是我们今天继续在做的事情。

冬天短暂,气温转寒。
知更鸟来,胆大包天。

——罗伯特·克劳利:《阿谀者》,1550 年

十一月

英国人不会食用知更鸟,就如他们不会吃自己的大拇指,不过也有例外。在伊丽莎白一世(Elizabeth Ⅰ)统治后期,博物学家、医生托马斯·马菲特[Thomas Muffet,《马菲特小姐》(Little Miss Muffet)的作者,为女儿(即其中的马菲特小姐)创作了这首与其同名的儿歌]曾写道:"知更鸟肉质上乘,口感清淡。"

我们居住在英吉利海峡对岸的欧洲表亲对此表示赞同。1817年,动物学家乔治·居维叶男爵(Baron Georges Cuvier)写道:"知更鸟……备受青睐,其肉富含油脂,滋味鲜嫩。"一份法国食谱如此记载,"此类鸣禽,温顺娇小,最宜佐以面包屑烤食",证明对于一个法国人,自己的衬衫都可入口,只要能在奶油白葡萄酒酱汁里烹饪足够久的时间。

很难想象这么小的一只鸟儿除了能做一道开胃小菜,还能做什么。不过,维多利亚时期的探险家、博物学家查尔斯·沃特顿(Charles Waterton)曾在罗马市场发现知更鸟被作为食材出售,其秘诀是大批量烹制:

> 我问商贩,"你怎么能宰杀并吃掉这些唱歌的美丽小鸟儿?"
>
> "我能,"他笑言,"如果你今天买一打回家当晚饭吃,那你明天还会回来买两打。"

不过到那个时候,英国人似乎已经不再食用知更鸟,并将之视作一种野蛮行径。然而,在此后很多年,他们还会继续大啖其他种类的鸣禽——直到 1861 年,在《持家书》(*Book of Household Management*)中,比顿夫人(Mrs Beeton)还毫无反感地插入了一个烹制云雀肉馅派的食谱。

知更鸟曾被如此大量食用的原因是它们分布广泛——并且还由于它们出了名的温顺近人,容易被捕获。早在 1674 年,在其四卷本《绅士消遣书》(*The Gentlemen's Recreation*)——内容包括"狩猎、鹰猎、捕鸟、钓鱼"——中,复辟时期的作家尼克拉斯·考克斯(Nicholas Cox)便写道,"知更鸟极易捕捉,凡男童皆知如何设套捕获。"

一个多世纪之后,到了1792年,法国鸟类学家布封也曾提及知更鸟易于捕捉:"它总是设套后被捉到的第一只鸟儿。"甚至戴维·拉克——此君亦熟谙捕捉知更鸟之道——也对它们的天真易骗相当蔑视:

> 寒冬季节,极易捕获知更鸟。它们会轻易飞落,对领地里任何一个陌生物品都会做一番勘察。如果它们是人类,可以说它们具有好奇的秉性,不过,对于一只鸟儿,这意味着什么,却不便断言。

这些描述中最广为人知的,是在威廉·布莱克(William Blake)《天真的预言》(Auguries of Innocence)这首创作于十九世纪早期的诗中(不过直到1863年,布莱克早已辞世多时,该诗才被发表),他写下的不朽诗行里:

> 知更鸟儿羁牢笼,
> 惹得苍天怒冲冲。

这两行对仗严整的诗句经常被用作反对奴役人类、奴役自然的口号,恰到好处地反映了我们看到一只野生鸟儿被强行拘禁在笼子中的愤慨之情。

人们常说，欧洲大陆上的知更鸟远不如其英伦的表亲温顺近人。拉克认为，这种现象合乎逻辑：鉴于与我们一衣带水的欧洲近邻大多住在没有花园的居所里，那里的知更鸟倾向于在林中过冬或飞往南方越冬。他还指出，在南欧——尤其是西班牙、意大利、塞浦路斯和马耳他——知更鸟就如其他鸣禽一样，被当作"猎物"擒杀，或视为食材抓捕。不过，如居维叶与布封等法国作家所言，即便这里的知更鸟不如它们海峡对岸英国的表亲温顺可欺，还是比较易于捕捉。

英国的知更鸟之所以温顺的另一原因是，欧洲大陆一直不乏野猪的存在。在欧洲大陆，知更鸟会跟在野猪身后，待其獠牙翻开土地后，捕食露出的蠕虫；而在英国——野猪在中世纪时即被猎杀殆尽——知更鸟只能追随人类左右。为什么诸如乌鸫等其他鸫科鸟类和椋鸟等禽鸟没有变得如知更鸟这般温顺？这有些令人迷惑不解。其原因可能与知更鸟标志性的大眼睛有关。阴暗的森林里，在野猪进食的清晨和黄昏时分，我猜只有知更鸟可以看见它们翻出来的虫子。

所有的园丁都知道,只要拿出铁锹挖土,知更鸟就会神奇地现身,开始觅食。早在 1820 年,诗人约翰·克莱尔就在《家中五月小景》(Home Pictures in May)一诗中就提到过这一点:

> 甜美的知更鸟分享早春的繁荣,
> 栖在叶如羽毛的醋栗树上歌唱,
> 盯着园丁的铁锹翻土露出小虫。

克莱尔的另一首诗《伐木工》(The Woodman)则提出,这种关系早在园艺兴起之前便已存在:

> 知更鸟,诸禽之中最温顺,
> 一听闻伐木工"坎坎"伐木……
> 便无畏地围着老友欢欣跳跃,
> 在快乐中数小时凝神停驻。

我们对这种野生鸟儿的痴迷可追溯至六世纪的圣徒圣瑟夫。整个人类历史,每隔一段时间,都会有人试图驯服知更鸟,通常以食物诱导的方式。二十世纪早期的自由党政客、大政治家爱德华·格雷(Edward Grey)爵士便是一位著名的"知更鸟驯养人",他曾在第一次世界大战前夕悲切地慨叹:"全欧洲的明灯一盏一盏地熄灭,我们余生将难见其再次亮起。"

格雷曾于1905年至1916年间任外交大臣——有史以来在该职位上任期最长的政治家——空闲时通过观鸟的方式缓解工作压力。1927年退休之后,他发表了一本薄薄的著作《禽鸟的魅力》(*The Charm of Birds*),居然一时洛阳纸贵。该书至今仍是早期自然作品的经典之一。

只要有可能,格雷就会要么住在汉普郡伊钦河附近的家中,要么住在诺森伯兰郡法罗顿的大庄园里。为了自娱,他会努力亲手驯养当地的知更鸟——并且屡试不爽。经过训练,他发现自己竟然可以不费吹灰之力就办到:

> 这种鸟儿首先被扔在地上的面包屑所吸引;然后再向它抛掷一只黄粉虫;之后将一只装了黄粉虫的盒子打开,放在地上。当这只鸟熟悉适应了之后,下一步就是屈身跪下,一只手手心朝上平放地面,盒子打开置于手中,手指伸出盒子边沿。接下来是难度最大的一步,不过鉴于知更鸟为黄粉虫甘冒生命危险,它会很快直奔手指,并站在上面。接下来,

要完成最后一步——让鸟儿在手举离地面时,跳到手上来——就很简单了。

格雷解释称,隆冬时节,知更鸟饥不择食,这一捕鸟技法效果更佳:

> 天气严酷之时,群鸟饥馑,整个过程可能也就二至三日;一旦完成,知更鸟之温顺程度并不降低:其信心已经树立,并不会随天气转好、食物充足而减少。

就像很多细心的观察者,格雷甚至学会以羽毛上的细小差异区分不同的知更鸟。他最早驯服的知更鸟之一,右侧翅膀上长着一处显著的白色羽毛,使他一眼就可以从一群知更鸟中辨别出它来。奇特的是,即使在蜕换新羽之后,这一特征也从未消失。"白羽"比大多数知更鸟存活时间更长:格雷在1921年至1922年冬第一次遇到这只鸟儿,在接下来的三年中持续追踪它的繁衍生息,直至和它在1924年除夕最后一次相遇:

> 在年末的最后一天……它又来到老地方与我相见;之后,我再也没看到它,另一只知更鸟占领了它的领地。我进行了搜寻,希望"白羽"只是被赶

到了更靠西边的领地,不过并没看到它的踪迹,我担心已经发生了一场你死我活的决斗。

作家兼博物学家西顿·戈登(Seton Gordon)曾给格雷拍了一幅令人难忘的照片,照片中一只被驯服的知更鸟神气地栖在格雷的帽子上。在《禽鸟的魅力》这本书写作之前,格雷的视力便已经开始迅速下降,这让格雷对知更鸟更加喜爱。知更鸟的歌声——特别是在秋冬季节,法罗顿地区的大多数鸟儿哑然无声之时——给他的暮年带来了极大的宽慰。

格雷在另一篇具有其标志性深思熟虑特征的文章中,思索了知更鸟春天和秋天的歌声是否确有不同之处,又或者这是否只是一种虚假的印象,源于不同时节我们自身的感觉与情绪的变化:

> 要评价知更鸟春季与秋季的鸣啼是否不同,必须考虑到人的情感因素……秋天,太阳渐低,白日渐短,人的想法与小调音阶更加调和,于是在知更鸟歌声中找到此音阶。在温暖的四月,植物复苏,我们满怀期待……对知更鸟歌声的评判也有不同……由此,我遂生疑问,听知更鸟春日之歌,与秋日印象

相比，"是歌声变了，抑或是我变了？"

在格雷爵士掌握驯服知更鸟的技术近百年之后，自然书写作家、"刺猬迷"休·沃里克（Hugh Warwick）进行了相同的实验。为了证明知更鸟与他所钟爱的刺猬不相上下，他向安德鲁·拉克——戴维·拉克之子，鸟类学家——发起了挑战，尝试了由安德鲁的母亲（也即戴维的遗孀）伊丽莎白完善的方法，用奶酪而不是黄粉虫做饵。

令他惊奇的是，经过几日以切达干酪诱引知更鸟，这一方式居然奏效。他事后回忆：

> 尽管我也许无法爱抚我的知更鸟——不过，这一小团在我手上逗留片刻的能量，轻巧得近乎不可能，它有着某种难以名状的特殊之处。我有幸能够分享这份快乐——我的妻子、孩子和朋友都曾因与野生动物发生联系的瞬间而笑容满面。对于我来说，这远比在高清电视上观看魅力四射、超级明星式的大型野兽奔腾跳跃更令人心满意足。

不过，事情至此并未结束，休描述道：

一天早上，我正在暖房里打盹的时候，被一阵叽喳声吵醒。低头一看，一只知更鸟正在我脚下蹦蹦跳跳。我到冰箱里拿来一点儿奶酪，立在那里喂鸟，睡眼惺忪，突然意识到可能不是我驯服了知更鸟，而是它驯服了我。

或许每位园丁在停下手中的铁锹，看着知更鸟从脚下抢夺一顿免费的美餐时，都会冒出这样的念头。

秋日将尽，冬日来临，来自大西洋的寒潮给我们萨默塞特郡的花园带来了狂风骤雨。我发现知更鸟的秋日之歌也随之愈来愈弱。九月初，这只在我家卧室窗外安营扎寨的雄性知更鸟高声放歌，宣示自己的存在，现在似乎已热情消退；如今，在我从睡梦中挣扎醒来的时候，只能听到它几声断断续续的啼鸣。

随着万物凋敝，白昼渐短，天气越来越糟糕，我心中感到对于自然的渴望，所以起身到当地的一片林地散步——这里是位于萨默塞特平原阿瓦隆沼泽边缘的一块湿地保护区与芦苇荡。在这里，知更鸟也比往日安静，尽管整个十一月，我都能时不时听到它们传出的叫声。

知更鸟在每年的这个时候歌声减少的原因之一是，它们已经确立了秋季领地——甚至还赶跑了一些来自斯堪的纳维亚半岛的侵入者——可以暂且放松了。另一原因是，圣诞之前，随着冬至临近，白昼越来越短，觅食成了当务之急。

每年这个时候，昆虫越来越少，也越来越难觅。这也是为什么很多雌性知更鸟选择在天气较为温和的英国南部与西部越冬，或迁徙到英吉利海峡对岸——那里昆虫更多，与较占优势的雄鸟竞争也更少。

由于昆虫销声匿迹，那些留下来在繁殖地或附近过冬的知更鸟只得寻找各种各样更易获得的食物。一串串紫色的常春藤浆果是最理想的食物：在山楂等较早结果的植物不再能供应果实的时候，这些迟来的果实能提供充足的能量。不过，这一时期，知更鸟必须跟包括乌鸫、欧歌鸫、槲鸫，以及从北方和东方飞来英国过冬的田鸫和白眉歌鸫等其他种类鸟儿争抢食物。这些鸟儿都比小知更鸟体型更大——尽管可能不如它好斗。

知更鸟也是光顾花园中喂鸟器的常客。然而，不像动作更为灵活娴熟的山雀和燕雀，它们通常避开喂鸟器，在鸟食台或者地面上进食，啄食从上面掉下的种子。不过，在过去几年，我发现它们越来越擅长立足在悬挂的喂鸟器上，虽然还不如山雀和燕雀那般熟谙此道，总是一副看起来快要失足跌落的样子！

北风呼啸,大雪飘飘。
可怜的知更鸟,如何是好?

—— 佚名,十六世纪

十二月

十二月的第一周,第一张贺卡投进了我们的邮箱,提醒我今年务必要在平安夜之前把东西买好。裁开信封,不出所料,卡片上印着一只知更鸟,栖在白雪覆盖的冬青枝上。这并不是孤例:在接下来的几周里,我们收到的很多贺卡都会印着一只、两只甚至一群知更鸟,虽然在自然界中,这种睦邻友好的集会绝对不会发生。

圣诞卡片上,知更鸟的形象无处不在,大多数人并不会停下来问个所以然。原因可以追溯至早期的"一便士邮件",它始于1840年,一便士(相当于现在的二十便士)便可寄一张卡片或一封信。

在此之后,"一便士邮件"的发明人罗兰·希尔(Rowland Hill)的助手、公务员亨利·科尔(Henry

Cole）爵士想到了发行特殊用途卡片的绝妙主意，这些卡片可以通过新的邮政服务寄给亲朋好友。最初，他为1843年的圣诞节印发了仅两千多张卡片，每张售卖一先令（五便士，相当于现在的两英镑）。一百五十多年后，英国人现在每年寄十亿张圣诞贺卡——平均每个成年男性、女性与孩童都会寄超过一打——总价两亿英镑。

那么，知更鸟怎么会现身在这种迅速走红的新生产品上呢？自然，一个可信的解释是，知更鸟在整个节日期间，歌声不辍，并且在每年的这个时候都会习惯性地到我们后门台阶上讨食。温顺近人的性格以及经年不息的歌声一直让它们受到我们的宠爱，所以，还有什么做法比将其形象印在我们的圣诞贺卡上，更能褒扬我们和这种小鸟儿的亲密关系呢？

不过，尽管这个原因有可能开创了这一传统，知更鸟与圣诞节之间的联系在维多利亚时期得到了极大的强化——全因为一个巧合。维多利亚时期的邮递员恰好身着鲜艳的红色制服，因此得到了"知更鸟"的昵称。在安东尼·特罗洛普（他本人即是邮局高级雇员）发表于1861年的小说《弗拉姆利教区》（*Framley Parsonage*）中，一个寒冷的日子里,心地善良的厨娘杰迈玛(Jemima)将送信的邮递员请进家里:"进来吧,知更鸟邮递员,进来暖和暖和。"

在这些日子里,圣诞节临近的时候,人们都会急切地等待邮递员的到来,因此这种情景被早期的贺卡艺术家绘制在卡片之上。把穿着红色制服的邮递员换成真实的知更鸟仅一步之遥,它经常被呈现为嘴里衔着一张卡片的形象。维多利亚时期的人甚至会寄送绘有知更鸟尸体的卡片,据说这是好运的象征。(不过很难想象缘何如此!)尽管男女邮递员的制服颜色很久之前已经改变,但是我们仍然有红色的皇家邮政车辆与邮箱,这无异于在向邮政服务的早期形象致敬。

然而,知更鸟与圣诞节之间的关联也许可以追溯至更久远的过去。根据一个神话传说,知更鸟在马厩里扇动火焰为婴孩耶稣取暖时被烤伤,因而胸脯变成了红色;还有一个民间故事,知更鸟为减轻炼狱里的灵魂遭受的折磨,为他们取水降温,因此胸脯被烧伤。

马克·科克尔在《不列颠禽鸟》一书中指出,"我们将知更鸟选作圣诞之鸟,可能有一点异教信仰的成分掺杂其中。就如缀有鲜艳的红色浆果的冬青花环,它为死寂沉沉的世界提供了一抹亮丽的颜色。"

除了这些神话传说,真实的知更鸟每年这个时候在做什么呢?这部分取决于主要的天气状况。如果来自西南方向的大西洋气流占主导地位,给整个不列颠群岛带来一阵阵低气压、云层和降雨天气,那么知更鸟的生活就一切照旧。假设从秋天至冬天过渡平缓,那么树篱上还会有足够的浆果,田野和花园里也不乏蠕虫和毛虫供知更鸟食用。

不过,如果冬天早早降临,高气压带来北方的极地空气以及暴雪,那么情况将大为不同。与所有的小型鸟类一样,知更鸟必须从日常模式转入求生模式,每一天每一刻都事关生死。

就像我们在年初看到的那样,找到食物至关重要;随着寒夜逼近冬至,黑暗是白昼的两倍之长,知更鸟必须将清醒时的每时每刻用来进食或觅食。黑珠子般的大眼睛当然大有裨益,使得它们每天的进食时间能够远比其他鸣禽开始得更早,结束得更迟。

就像其他种类的鸟儿,知更鸟在冬季的几个月也会极大地改变食物构成。春夏期间它们用以喂养雏鸟的大量的昆虫现在要么销声匿迹,要么难以找寻。所以它们转而食用浆果——特别是结果较迟的常春藤浆果——或者追随着园丁翻土备耕,啄食一两条肥美多汁的蠕虫。除此之外,它们当然也会造访我们的喂鸟站:通常栖在鸟食台上,或享用下面散落的种子。

知更鸟还有别的应对严寒和食物短缺的生存技能:就像其他小型鸟类,它们会利用早前秋季丰裕的食物"贴秋膘",将体重从平均十八克增至二十二到二十五克之间——几乎是一盎司的差异。人们一般认为冬季的知更鸟看起来更加丰满圆润,在一定意义上确实如此,不过也是因为它们会撑起羽毛,将一层空气封闭在里面,以此保暖。

尽管知更鸟大多数时间都是独来独往的"反社会"动物,但是持续的恶劣天气也会迫使它们改变习性,过上更为群体性的生活。例如,人们一直认为,与白鹡鸰、白喉长尾山雀等其他许多以群居方式保暖、御敌的鸣禽不同,即使在最寒冷的冬日,知更鸟也是坚定不移的独居者。事实上,直到1971年,顶尖的以色列科学家阿莫兹·扎哈维(Amotz Zahavi)还会自信地坚称:"知更鸟等独居鸟类……不会成群栖息。"

不过,大概在同一时期,一群在夜间捕捉与环志乌鸫的阿伯丁科学家碰巧在城内外遇到了几个知更鸟集体栖息处,每处有近五十只不同的鸟儿。之后,很少发现此类情况。一种解释是,这些知更鸟是来自欧洲大陆的访客,而不是本地的品种,这也许能解释这种不寻常的现象。

戴维·拉克也留意到了知更鸟以更极端的方式改变习性的几个案例:在冬季的恶劣天气里,它们故意进入人类居所——并不是暂时躲避一两个小时。例如,在1880年至1881年冬季持续的严酷天气中,德文郡曾有知更鸟在人类住所寄居了整整两周。

天气较好的时候,一些知更鸟,尤其是雄性,还会抽出时间一展歌喉。事实上,鉴于知更鸟冬季鸣啼的原因——雄鸟和雌鸟皆如此——是为了保卫领地和食物,防止外敌侵入,我们可以说,知更鸟必须得唱歌。除此之外,它们唱歌也许还另有所图:正如戴维·拉克在达廷顿观察发现的情况一样,有的知更鸟在十二月中旬便早早成双结对,尽管大多数知更鸟会等到相对惯常的二月。

这当然也要取决于它们能否存活那么长时间。J. P. 伯基特的知更鸟或许可以活到十一岁的高龄,而大多数知更鸟活不到一岁,几乎所有的知更鸟在两岁前就会殒命。

知更鸟的死因多种多样。我们可以通过传闻证据和英国鸟类信托基金会的环志系统了解到这一点——后者起始于1909年,至今已有一百多年的历史。那一年,鸟类学家仅环志了四十一只知更鸟,而今,每年有超过两万只被环志标记,大多数都是成年知更鸟或羽翼丰满的幼鸟,而不是尚未离巢的雏鸟。自环志系统建立至今,共计有超过一百万只知更鸟被环志标记,虽然与其他鸣禽情况一样,已环志的鸟儿被发现死亡的数目很低,但还是足以让我们一瞥其种种死因。

克里斯·米德在其1984年著作《知更鸟》(*Robins*)中写道,在回收的死亡已环志英国知更鸟中,近四分之一丧身猫口,十分之一死于车辆撞击。这一发现早在马克斯·尼科尔森意料之中:

从一只知更鸟的角度来看,英国人似乎有两大缺陷——他们尤爱驾驶重型车辆毫无征兆地驰经知更鸟繁殖地;他们乐于故意让猫危害邻里,简直不可理喻。

然而,米德也指出,相对而言,公众更容易发现被猫捕杀或被车撞死的鸟儿,所以在看待这些数据时,我们也许应保有一些怀疑。毕竟,那些在树丛下或茂密的灌木中悄无声息死去的鸟儿很难被人察觉。

其他死因——每一种导致的死亡不到总数的百分之五——包括丧身猫头鹰或雀鹰之口,溺毙在盛水的容器中,撞死在玻璃窗或门上,殒命在为捕捉其他鸟类或哺乳动物而架设的陷阱里(有一例是受一小块奶酪引诱,死于捕鼠装置),或者仅仅是死于严寒。不过,很多知更鸟更有可能死于年老体弱与食物短缺两种因素相加,通常在它们遭遇第一个或第二个冬季的某个时候。

不过,我们仍然可以确定一个事实:任何一只以活蹦乱跳、身体良好的状态开始越冬的知更鸟,都仅仅只有低于一半的几率活到来年春天——对于我们之中那些对"我们的"园内知更鸟有着情感依恋的人们,这无异于沉重一击。戴维·拉克是第一位试图统计知更鸟死亡率的严肃科学家,他在两个八月之间进行统计,因为这种安排可以更好地显示每个春天和初夏孵化的知更鸟能够存活的时间长度。

他得出的结果是,每年每一百只成年知更鸟中有六十只会死亡。其他鸟类学家很快提出质疑,认为这一死亡率过高,不过后来的研究证明这一数字相当精确。拉克还计算了,为了抵消知更鸟幼鸟比上述数字还要高的死亡率,每对知更鸟需要抚育多少只幼鸟才能保证种群数量稳定。这个数字——一至两窝,共计约六只幼鸟——和我们在知更鸟种群中实际发现的数目非常接近。这就引来了一个至关重要的问题:英国的知更鸟总数是在上升还是在下降?考虑到大多数鸣禽的数量都在下降,而知更鸟的数量却在不降反增,这一点可能会令人惊讶。

从二十世纪六十年代中期到八十年代中期,英国知更鸟总数在缓慢但稳步地下降,这很可能是因为这一阶段出现了连续的温度低于历史平均记录的寒冬。不过,从八十年代中期开始,趋势一直是稳步上升,所以现在知更鸟数量已渐渐赶超与它难分上下的竞争对手乌鸫和苍头燕雀，成为英国分布第二普遍的鸟儿（在鹪鹩之后），总数为大概六百万对。这是因为：孵化或雏鸟阶段死亡减少，造成了繁殖成功率的上升；全球气候变暖让知更鸟可以比六十年代平均早一周开始筑巢。

知更鸟种群在英格兰似乎比在苏格兰、威尔士或北爱尔兰更加兴旺昌盛，尽管它们各地总数都在增加。最近的《英国鸟类信托基金会学会鸟类地图》（BTO Bird Atlas）——一项在二十一世纪第一个十年末期开展的全国性调研——显示，在百分之九十四的十平方公里的区域内，都能发现知更鸟的存在，只有苏格兰高地与诸多离岛中那些最偏远、海拔最高的地方没有它们的踪迹。对于这一基本上属于定栖的鸟儿，这个数字在全年范围内都是准确的。

同样的，知更鸟在某些繁殖地比在其他繁殖地生存得更好。虽然它们在林地尤其是高地林地数量有轻微下滑，它们在人工繁殖地却发展迅猛：特别是在城区和郊区的公园以及花园里。从 1995 年，英国鸟类信托基金会的花园鸟类观察计划（Garden Bird Watch）一直在仔细追踪我们花园中鸟儿的数量和出现频率。不出所料,知更鸟经常跻身统计表格的上端,在秋冬两季的第二位与春夏两季的第四位之间徘徊。

所以,好消息是,知更鸟的生存状况相当不错,尤其是在这个云雀、夜莺等很多我们喜欢且在我们的文化中同样重要的其他鸟儿数量都在严重下降的时期。尽管诗人更钟情于后两种鸟儿,但是在大众文化中,知更鸟却独占鳌头。它不仅被证实是"英国人最喜爱的鸟儿"这一称号的绝对赢家,现在还获得另一殊荣,成为一则圣诞节电视广告的主角。

2016年,高档连锁超市维特罗斯从其兄长企业约翰·路易斯百货商店那里学了一招,设计了一则充满了感伤情调、动人心弦的配乐季节性广告。这个九十秒钟的小型史诗(电脑制作而成)呈现了一只知更鸟从冰封的北疆一路穿越荒无人烟的极北之地、波涛汹涌的汪洋大海和冰雪覆盖的广阔原野,最终在一个英式花园的鸟食台上栖落。

漫漫长路之中,它历经所有可能的危险——遭遇滂沱的大雨；受到灰背隼的袭击；与灯塔碰撞；掉落到惊涛骇浪之中（被一个好心的渔夫救起，然后释放）——才终于胜利抵达，和另一只知更鸟一起享用一块肉馅饼。与这只知更鸟长途跋涉的镜头交切的是，一个有着禽鸟学高超修养的女孩的镜头，她以某种方式知道这只鸟儿止在途中飞翔。这则广告在Twitter上的话题标签是"回家过圣诞"，用来将这个故事催人泪下的效果一滴不留地压榨出来。

此情此景，指出以下事实似乎有些粗鲁无礼：知更鸟在秋季而不是冬季迁徙；它们在夜晚上路，而不是白天；灰背隼并不会在林中猎杀知更鸟；任何一只掉到北海里的知更鸟势必会丧命；还有，当它试图进食的时候，当地的知更鸟要么把它赶走，要么跟它决一死战。禽鸟学的精确性似乎无关紧要，不过，即使是铁石心肠的观众，也会为这个讲述一只小鸟历经艰难险阻、最终胜利的感人故事而动容。一位评论者承认，"我被彻底打动了。真正的热泪盈眶，同胞们。看到两只小知更鸟吃一块馅饼，我哭得稀里哗啦。"

到十一月中旬，距离圣诞节还有六周时间，这则广告已经在网站YouTube上获得了超过一百五十万的点击量。到圣诞节早晨，全国孩子们都在拆开圣诞礼物，并有可能随后享用一只从维特罗斯超市买来的填满了馅料的火鸡，这时，它已经获得了超过三百万的点击率。甚至还催生了基于这则广告的一本书和一款互动游戏。

这则广告在社交媒体大获成功，证实了即使在今天，知更鸟仍然占据着我们生活与文化中的中心位置。诚如自诩为"糟糕观鸟人"的作家西蒙·巴恩斯所言，这种现象的产生，一定是因为它们独一无二地融合了温顺可人、外观甜美，以及在寒冬放喉歌唱三个特征，他描写道：

> 在一年之中的至暗时刻，它们会给我们带来甜美的歌声……它们还会耀武扬威，向对手炫示炭火般鲜红的胸脯，给最为阴冷晦暗的日子带来活力与温暖。冬至时，我们庆祝一年中最黑暗的时光。它关乎新年来临时摆在我们面前的希望。知更鸟每天都在提醒我们这一点。

再次回到花园里，已是新年前夕，一场小雪覆盖了大地，如一层薄薄的糖霜。树丛之下，只有细心谨慎的观察者才能看到的地方，躺着一具小小的僵硬的尸体。

它已陷入落雪之中,仰面朝天,往空中伸出的爪子像是在做最后的挣扎,橘红色的胸脯在午后渐渐暗淡的光线中微微发亮。

这是一只知更鸟:悖运的知更鸟之一——一只今年早些时候孵化的幼鸟,它曾从离巢而出、独立生活的危险中生存下来。但是近期突如其来的寒冷空气让觅食变得十分艰难,作为一只经验不足、能力较弱的雌鸟,它无法赢得这场找到充足的能量方能幸存下来的竞赛。它的体重逐渐下降,在死去的时候仅有十二克——还不到半盎司——远在一只知更鸟足以存活的体重标准之下。

入夜,气温陡降,雪花飞舞,这具尸体会渐渐冻僵,随后消失在皑皑白雪之下。对于这只与隆冬如此紧密相连的鸟儿,这不啻一件适宜的寿衣。

不过,每一场死亡也意味着一场新生,明日破晓时分,这只鸟儿的兄弟姐妹之一会从睡梦中醒来,在寒冷中舒展羽毛,一跃而起,飞到同一丛灌木的顶端。新年的太阳第一次升起时,它会张开嘴巴,开始放声歌唱。

对于知更鸟和我们人类,又是新的一年,带着未来可能发生的一切。

致　谢

我要如以往一样感谢企鹅兰登书屋（Penguin Random House）旗下方钉出版公司（Square Peg）的团队：委托我写作此书的讨人喜欢的罗斯玛丽·戴维森（Rosemary Davidson）；编辑部的苏珊娜·奥特（Susannah Otter）、尼克·斯基德莫尔（Nick Skidmore）、马德琳·哈特利（Modeleine Hartley）和罗恩·亚普（Rowan Yapp）；宣传部的娜奥米·曼丁（Naomi Mantin）；书稿校对人劳拉·埃文斯（Laura Evans）；设计总监苏珊娜·迪安（Suzanne Dean）领导下的设计和制作团队，包括插图研究员莉莉·理查兹（Lily Richards），他们才华横溢，总是把我的书设计得如此精美。

本书写作期间，自然历史博物馆的海因·范葛罗乌、博物学家约翰·沃尔特斯（John Walters）、"鸟迷"沃伦·科勒姆（Waren Collum）、英国鸟类信托基金会的保罗·斯坦克利夫（Paul Stancliffe）、我的同窗和观鸟同伴丹尼尔·奥索里奥（Daniel Osorio）给予了我有用的建议。我的朋友凯文·考克斯（Kevin Cox）和唐娜·考克斯（Donna Cox）夫妇热心地准许我将他们的家宅作为写作的处所，凯文还陪我参观了达廷顿庄园。另一位好友，格雷厄姆·科斯特（Graham Coster）以其惯有的精致、技巧和洞见编辑了此书，而我的经纪人布罗·多尔蒂（Broo Doherty）一如既往地提供了大力支持。戴维·林铎寻找"英国人最喜爱的鸟儿"的运动启发了我。

最后，任何一本关于知更鸟的书，都必须向二十世纪鸟类学家中的巨人戴维·拉克致敬。当年还是德文郡一位年轻教师的时候，他开始了对于这个普通而寻常的物种的研究，获得了关于它生命周期的非凡发现。由此诞生的著作《知更鸟的生活》至今仍是后人的灵感源泉；而其子安德鲁写作的关于知更鸟的文集《红胸鸟》亦如是。对于任何热衷于这种令人愉快的鸟儿的生物学史和文化史的读者，这两本书均是必读之作。

斯蒂芬·莫斯
萨默塞特郡马克村
2017年4月

著作权合同登记号　图字:01-2018-8590
图书在版编目(CIP)数据

知更鸟传／(英)斯蒂芬·莫斯著；孙红卫译.—北京：北京大学出版社,2019.12
ISBN 978-7-301-30929-2

Ⅰ.①知…　Ⅱ.①斯…　②孙…　Ⅲ.①纪实文学—英国—现代　Ⅳ.①I561.55

中国版本图书馆CIP数据核字(2019)第251989号

书　　　　名	知更鸟传 ZHIGENGNIAO ZHUAN
著作责任者	〔英〕斯蒂芬·莫斯　著　孙红卫　译
责任编辑	柯　恒　李雅雯
标准书号	ISBN 978-7-301-30929-2
出版发行	北京大学出版社
地　　　　址	北京市海淀区成府路205号　100871
网　　　　址	http://www.pup.cn　http://www.yandayuanzhao.com
电子信箱	yandayuanzhao@163.com
新浪微博	@北京大学出版社　@北大出版社燕大元照法律图书
电　　　　话	邮购部010-62752015　发行部010-62750672 编辑部010-62117788
印　刷　者	北京中科印刷有限公司
经　销　者	新华书店 850毫米×1168毫米　32开本　7.5印张　95千字 2019年12月第1版　2019年12月第1次印刷
定　　　　价	59.00元

未经许可，不得以任何方式复制或抄袭本书之部分或全部内容。
版权所有，侵权必究
举报电话：010-62752024　电子信箱：fd@pup.pku.edu.cn
图书如有印装质量问题，请与出版部联系，电话：010-62756370

参考书目

Anderson, Ted R., *The Life of David Lack*. Oxford: Oxford University Press, 2013

Clement, Peter and Rose, Chris, *Robins and Chats*. London: Christopher Helm, 2015

Cocker, Mark and Mabey, Richard, *Birds Britannica*. London: Chatto & Windus, 2005

Lack, Andrew, Redbreast: *The Robin in Life and Literature*. Pulborough: SMH Books, 2008

Lack, David, *The Life of the Robin*. Worcester and London: H.F. & G. Witherby, 1943

Mead, Chris, *Robins*. London: Whittet Books, 1984

Read, Mike, King, Martin and Allsop, Jake, *The Robin*. London: Blandford, 1992

Taylor, Marianne, *Robins*. London: Bloomsbury, 2015